KB071667

미안해,
그 한 마디

양윤덕
부부 에세이

화장대 서랍이나 가방에 준비를 한다
그래서 나는 꼭 향기 좋은 껌을
부부의 삶에서 스킨십은 필수다

미안해, 그 한 마디

양윤덕 지음

발행처·도서출판 청어
발행인·이영철
영 업·이동호
홍 보·천성래
기 획·남기환
편 집·방세화
디자인·이수빈 | 김영은
제작이사·공병한
인 쇄·두리터

등 록·1999년 5월 3일
(제321-3210000251001999000063호)

1판 1쇄 발행·2022년 9월 20일

주소·서울특별시 서초구 남부순환로364길 8-15 동일빌딩 2층
대표전화·02-586-0477
팩시밀리·0303-0942-0478
홈페이지·www.chungeobook.com
E-mail·ppi20@hanmail.net
ISBN·979-11-6855-061-2(03810)

미안해
그 한 마디

양윤덕
부부 에세이

작가의 말

....

담양人신문 '오피니언'에 부부가 함께 읽는 '부부 에세이'로 2020년부터 2021년까지 연재했던 28편의 작품을 약간의 수정을 거쳐 책으로 엮었다.

부부 이야기라면 진부할 텐데 누가 읽겠나 싶어 망설이고 망설이다 신문에 연재할 때 몇몇 독자들로부터 글이 너무 재미있고, 자신들의 결혼생활을 되돌아볼 수 있는 계기가 되어 좋았다는 반응이 있었기에 용기를 내었다.

그리고 우리 부부의 이야기를 결혼을 망설이는 결혼 적령기 딸에게 결혼에 대한 긍정적 생각을 가질 수 있도록 글로 써 달라는 지인의 부탁이 있었기에 더 큰 용기를 갖게 되었다. 이런 '부부 에세이'도 있구나 정도로 봐주길 바랄 뿐이다.

남편과 내가 부부로 인연 맺어 살아온 지 올해로 36년의 세월이 흘렀다. 우여곡절 많은 시간이었다. 이곳에 실린 28편의 글은 1987년부터 여보, 당신이라 부르며 부부로 살아오면서 겪은 이야기 중 극히 일부이다.

누구나 말하듯이 행복은 저절로 얻어지는 것이 아니라, 신뢰, 양보, 희생뿐만이 아니라 배려와 노력이 절실히 필요하다. 그런데 그렇게 실천하면서 산다는 것이 말처럼 쉬운 일만은 아님에도 불구하고 우리 부부는 그 많은 시간을 위의 항목들을 성실히 실천하려 노력하며 살아온 것 같다. 대부분 그랬던 것 같다.

여기에 소개되는 내용뿐만이 아니라 아직도 모래알처럼 많은 이야기가 있지만, 일단은 이쯤 정리해보기로 했다. 신문에 연재하는 동안 독자가 되어주신 분들과 부부가 함께 읽는 '부부 에세이'라는 타이틀로 연재할 수 있도록 '오피니언' 지면을 마련해주신 담양人신문사 김관석 국장님과 뒤표지 글을 써주신 수필가 서경희 교수님께 깊은 감사를 드립니다. 그리고 가끔은 행복을 소리 나게 해준 남편 이재성 님과 딸, 아들, 그리고 외손자 시후(12세), 손녀 서아(5세)에게도 감사함을 전한다.

또한 이 책이 나올 수 있도록 힘써주신 청어출판사 사장님과 편집진의 노고에도 감사드린다. 이 '부부 에세이'가 기혼뿐만이 아니라 결혼을 망설이는 미혼들에게도 긍정적인 영향을 끼치면 참 좋겠다는 생각을 감히 해본다.

목차

3부. 잔소리 자격증

1부.

깊은 밤에

깊은 밤에

서재에서 글을 쓰다가 문득 미안한 생각이 스쳐 안방 침대에서 잠든 남편을 보러 갔다. 등을 켠 채 내 빈자리를 향해 새우처럼 움츠리고 홀로 잠든 남편을 보았다. 왠지 쓸쓸해 보였다. 흐트러진 이불을 보는 순간 엎치락뒤치락 나를 기다리다 홀로 잠이 들었구나. 생각을 하며 잠에서 깨지 않도록 살포시 그의 팔을 베고 누웠다.

내가 글을 쓴다고 남편과 함께 잠자리에 드는 걸 소홀히 했구나. 잠든 남편을 물끄러미 바라보다 안쓰럽고 짠한 마음에 손을 가만히 잡았다. 잠결에 그도 내 손을 꼬옥 잡았다. 괜히 눈물이 났다. 글 쓰는 일이 뭐라고, 흐르는 눈물이 그의 팔을 적셨다. 그때 훌쩍이는 소리를 남편이 들었나 보다.

"여보! 왜 그래. 무슨 일 있어?"
"아니야, 아무것도. 빨리 자요. 앞으로 함께 잘게. 미안해요."
"괜찮아. 당신은 잠을 너무 늦게 자. 건강 해치니 제때 자."
남편이 나를 끌어당기며 등을 토닥였다. 서로의 가슴에서 연하디연한 말이 한동안 달빛처럼 부드럽게 풀려 나왔다.

남편의 팔을 베고 누워 '우리 부부'를 생각해보았다. 사소한 의견 충돌로 티격태격 다투는 날들이 많았다. 좋지 않은 감정은 그때마다 하루살이가 되어 다음날이면 사라졌다가 또다시 다투고… 하지만 다투고 난 다음에는 늘 더 애틋한 사랑의 감정이 되었다. 그래서 간혹 큰 충돌에도 이혼까지 가지 않는 걸 보면 그런 날들이 쌓여 두터운 정이 되었나 싶다.

　이런저런 생각 속으로 점점 깊이 빠져드는 순간 문득 지난날이 스쳤다. 내가 한때 암 수술 날짜를 받아둔 때였다. 다시는 집에 못 올 것만 같아 펑펑 울다가 날을 꼬박 새운 아침. 침대에서 일어나 평소처럼 남편에게 물을 주려고 주방에서 컵에 물을 따라 안방으로 들어서려는데, 근심 가득한 얼굴로 침대에 홀로 덩그러니 누워 있는 남편의 모습이 보였다. 너무 쓸쓸해 보여 나도 모르게 눈물이 와락! 터져 나왔다. 애써 울음을 참으려 해도 눈물이 멈추질 않았다. 이 일도 마지막이 될 것만 같아 자꾸만 눈물이 났다. 애써 눈물을 참으며 남편에게 물을 건넸다.

　다시 남편의 팔을 베고 누워 소원을 빌었다.

　'이 남자 곁에 오랫동안 머물게 해주세요. 수술 잘 마치고 살아서 다시 집으로 돌아오게 해주세요.'

　간절히 정말 간절히 신께 빌었다. 나 없는 세상에서 홀로 외롭게 잠자리에 들 남편을 생각하니 자꾸만 애처롭게 느껴졌다. 그래서 망설이고 망설이다 진심으로 말했다.

　"여보, 혹시 내가 다시 집에 못 오면 혼자 살지 말고…."

　말하고 나서 펑펑 울었다. 내가 건강할 때는 용납할 수 없는 일이지만 혼자서 외롭게 평생을 쓸쓸히 살아갈 남편을 생각하니 그 마음이 앞섰다.

　"당신은 당연히 건강해져 올 거야."

　남편이 자꾸만 절망으로 치닫는 나에게 희망을 버리지 않도록 위로해주었다.

그 후 우리 부부의 간절한 바람을 하늘이 들어주었는지, 수술도 잘 마치고, 36회 항암치료까지 잘 넘기고 건강도 예전 상태로 회복이 되었다. 그 어느 때보다도 남편하고 함께 하는 하루하루가 소중하고 감사할 뿐이다.

나는 침대에 남편과 나란히 누울 때면 연애 시절처럼 아직도 설렌다. 조금 과장을 하자면 처음 남편을 만났을 때 첫날 같은 사랑의 감정이 그대로 되살아난다. 그래서 우리 둘만의 침실은 집 안에서 가장 중요한 둘만의 자리이다. 그곳에서 우리는 가장 행복한 시간을 갖는다. 함께 꿈을 꾸는 곳이고, 사이가 벌어졌던 마음을 한마음 한뜻으로 제일 쉽게 만들어 가는 곳이다. 그야말로 사랑과 희망의 보금자리다. 그가 없을 때는 그 자리가 유달리 공허해 엎치락뒤치락하다 뜬눈으로 날을 지새울 때가 많다.

한번은 다투고 나서 남편이 침대 내 자리에 독서대를 갖다 놓았다. 내가 가장 아끼는 소중한 그 자리에 내가 아닌 딴 물건을 놓다니. 순간 섭섭한 마음이 불같이 일어났다.

"당장 집어치워!"

아이처럼 울며불며 고래고래 소리를 질렀다.

지금도 남편은 침대에 누울 때면 곁에 내 베개를 가지런히 챙겨 놓는다. 그리고 내가 와서 눕기를 바란다. 어느 때는 내가 올 때까지 밤늦도록 기다린다. 그래서 하던 일을 다음 날로 미루고 잠자리에 든다.

'부부의 침실만큼은 하느님도 침범할 수 없는 성스러운 곳이어야 하리. 함께 잠자고 일어나 함께 밥 먹으러 가는 곳이고, 다투고 둘로 갈라졌던 마음이 하나가 되는 곳이며, 함께 누워 박꽃 같은 둘만의 이야기를 하얗

게 피워내는 곳이다. 그리고 밖에서 상처받고 오는 날엔 서로의 위로가 있는 곳이기에 우리 둘이 아니면 누구도 들어올 수 없는 둘을 위한 명당자리이다.'

평소 내 생각이 점점 뚜렷해진다. 나는 지금 나의 베개가 가지런히 놓여 있는 그의 곁으로 간다. 새벽 3시다.

테이블

    오전에 집 주변을 산책하다 차 한잔하러 커피숍에 들렀다. 커피숍에는 이미 젊은 여인들이 한 테이블을 차지하고 한창 이야기꽃을 피우고 있었다. 아이들을 학교에 보내고 차를 마시러 모인 내 딸 같은 젊은 아내들이다.

    나는 그들 뒤에 앉아 차를 주문하고 기다리며 그녀들의 이야기에 귀를 쫑긋 세웠다. 가만히 들어보니 남편들에 대한 이야기를 거침없이 쏟아내고 있었다. 그 중 기억에 남는 이야기를 소개하고자 한다.

    남편이라는 사람이 대화 좀 하자고 하면 귀찮다고 성질을 팍 내고 밖으로 달아난다던 한 여자는 요즘 남편이 이상하다고 말문을 연다. 화장실에 가서도 카톡을 하고 자신이 옆에 있는데도 카톡을 하고 새벽에도 카톡을 해서 도대체 누구하고 카톡을 하나 보려 하면 못 보게 피한다는 것이다. 밤에 귀가 시간도 늦고, 때로는 술에 취해 새벽에 들어오는 등 자신을 완전히 무시하는 것 같다고 열을 낸다. 따지면 도로 의처증이니 집착이니 하며 자신을 병자 취급한다는 것이다.

    그때 옆에 있던 다른 아내가 거든다. 왜 의처증, 집착이냐고, 당연히 아내로서의 권리이고, 권리 이전에 함께 사는 가족이 응당 할 일 아니냐는 것이다. 남편이 자신을 소홀히 하고 따돌리는데 어찌 가만 두고 보느냐. 애들한테도 그 정도의 간섭과 잔소리는 하고 사는데 남편한테는 더 당연한 것 아니냐. 남편한테 여자 친구 생겼니? 기특하다. 잘 놀다 와라. 그렇게 해야 하느냐고 또 열을 뿜는다. 남편들도 입장 바꿔봐라. 이어서 가만히 듣고 있던 한 아내가 "그냥 철없는 아들 하나 키운다 생각하고 내가 하고 싶은 취미활동에 몰두하니 얼마나 편한지 몰라!" 경험에서 나온 해법도 동원된다. 젊은 아내들이 나름대로 가정을 지키려 애쓰는 모습이 대견하게 여겨졌다.

바깥으로 도는 남편을 안으로 끌어들여 지키려 노력하는 아내의 마음은 숭고하기도 하다. 세상 살면서 가장 어려운 것이 사람 관계인데, 그중에서도 배우자와의 관계에는 천 배, 만 배의 노력이 필요하다. 한순간이라도 도 닦는 마음이 아니면 버티기 힘든 일이기도 하다. 그러니 젊은 여인들이 끼리끼리 만나 서로 속내를 나누는 장면이 사랑스럽기도 했다. 가정은 혼자 기둥이 아니라 남편과 함께 두 개의 기둥이 되어야 지탱할 수 있다. 가정이라는 집은 뜻밖에 약할 수 있다. 해마다 넘쳐나는 이혼 사례가 이걸 증명하지 않는가.

가끔 남자들만이 있는 테이블에서 들려오는 이야기를 들을 때도 있다. 어느 노래방 도우미가 어쨌다느니, 주점에 어느 여인이 어떻다느니, 동호회의 미스 김이 참 괜찮다느니 하며 한껏 흥에 부푼 장면들이다. 도무지 남정네들은 저런 이야기가 아니면 화제가 없는 것 같기도 하다. 저 남편들의 테이블에서는 언제쯤 고상한 이야기가 나오나 귀 기울여보지만 언제나 허탕이었다.

화성에서 온 남자와 금성에서 온 여자가 만나는 것이 결혼이라고 한다. 그들이 지구에서 지구의 삶을 살려면 화성도 잊고 금성도 잊어야 하지만 그렇지가 않다. 화성과 금성 사이의 간격을 좁히려면 얼마만큼의 시간이 필요할까. 그래도 아내들은 평생 고군분투하며 지구의 가정을 위해 노력한다. '남편들이여! 동참해주세요!'

어느 가정에나 테이블이 있다. 나는 이 테이블을 대화의 테이블이라 부르고 싶다. 테이블에서 많은 일이 이루어진다. 아내는 가정에서 테이블을 지키며 남편과 다정히 대화하며 오순도순 보내고 싶은 열망이 있다. 늦은 밤 남편의 귀가를 기다리고 있는 곳도 테이블이다. 테이블에 마주 앉으면 부부의 눈빛이 마주친다.

나는 딸에게 현모양처의 정신을 내가 어머니한테 배운 대로 가르쳤다. 그런데 오늘 아침 이 커피숍 안에서 들려오는 소리를 들으니 현모양처로 산다는 것이 이 시대에 참 어렵겠다는 생각이 든다. 현모양처는 아내의 힘만으로 되는 것이 아니란 것을 새삼 느꼈다. '현모양처'를 몇 번 쓰고 쓴 메모지를 휴지통에 버렸다. 그러면서 문을 나서며 자꾸 내가 앉았던 테이블을 뒤돌아봤다. 저 테이블은 내가 버린 '현모양처'를 기억할까.

그리고 문득 나는 딸이 아닌 아들에게 마음의 쪽지를 남겼다.

'아들아, 앞으로 네가 결혼하거든 너는 물질로 효를 실천하려 하지 마라. 네 아내와 아들, 딸에게 잘해서 가정의 평화를 지키는 일로 효를 다해라. 특히 아내의 불평불만이 쌓이지 않도록 테이블에서 아내의 말을 들어라. 세상이 아무리 변해도 아내를 변함없이 사랑하며 이 지상의 가장 밝은 꽃으로 가정을 잘 가꾸어가길 부탁한다.'

새 한 쌍을 바라보며

    나뭇가지를 의자 삼아 무언가 주고받느라 '짹짹'거리는 새 한 쌍의 모습을 바라보며 나는 이 한 쌍을 일단 부부새라고 생각해본다. 집 앞 소나무에 언제부턴가 둥지를 틀고 그 둥지에 어린 새들이 있는 것으로 보아 그렇게 여겨지는 것이다. 먹이를 잡으러 가지 않을 때 간혹 나뭇가지에 나란히 앉아 대화를 주고받는 듯한 장면을 자주 목격한다. 나는 그 새 한 쌍의 모습을 지켜보며 때론 정겹지만 때론 단조롭다고 느낄 때가 있다.

    주고받는 대화가 고작 '짹짹'이니 시끄럽거나 요란스럽지 않다. 아마 그 단순한 대화로 저 둥지 속 어린 새끼까지 평화롭게 이끌어간다는 것을 생각하면, 그들만의 비법일 수도 있겠다 싶어진다. 많은 대화를 하다 사사건건 다툼이 되는 우리 부부 모습을 비추어 본다면 그런 차원에서 새들의 사회가 많은 말을 해서 시끄러움을 불러일으키는 인간의 사회보다 어쩜 더 부부대화의 문화를 앞질렀다고 해야 할까? 어쨌든 지혜롭다고 느껴진다.

    요즘 신세대 부부 중에 집 안에서도 대화를 카톡으로 하는 경우가 있다고 한다. 서로 바쁜 일상을 살다 보면 얼굴 보기 힘들어 카톡으로라도 대화를 나눈다는 것에 대해서 그래도 다행이다 싶다가도 '뭐 세상이 그래' 그 삭막함에 놀라움을 감추지 못하고 있다. 새들의 '짹짹'과 같은 대화는 아니겠지만 모든 소리가 '카톡, 카톡'이다 보니 바야흐로 사람이 카톡새가 된 게 아닌가 싶은 생각이 드는 것이다. '카톡, 카톡' 속에 사랑한다는 말도 시끄러운 감정도 다 들어있으니 드디어 사람도 새처럼 단순해지는 것이 아닌가 싶어진다.

　하지만 우리는 한 마디 짧은 대화로 해결되는 새들의 대화법과는 달라야 한다. 부부지간의 말이란 서로 얼굴을 맞대고 눈빛을 주고받으며, 호응하고 순응하면서도 비판이 따라야 살냄새가 나는 사이가 될 것이다. 부부지간의 사랑의 향기가 온 집 안에 흥건할 때 웃음소리도 나고, 큰소리도 나고, 적당히 밀고 당기기도 하고, 때론 아우성이 있고 역동성이 있어야 사람 사는 모습이 될 것이다. 사랑스러운 우리 아이들이 그런 자연스러운 환경에서 자라야 할 것이다. 그때 부부의 끈도 탄탄해질 것이다.

　가정의 역동성은 조용해서 얻어지는 것은 아니다. 낡은 감정에서 벗어나 새로운 감정으로 가는 과정에서 아우성이 있기 마련이다. 그런 역동성 안에서 자라야 자녀들도 창조적인 사회인이나 끈기 있는 인물이 될 것이다.

　병아리가 알을 깨고 나오는 것처럼 새로운 부부의 대화 문화를 만들어가기 위해서는 적극적인 대화가 필요하다. 어느 한쪽으로 치우친 대화방식이 아니라, 저 참새 부부처럼 이쪽에서 '짹짹'하면 저쪽에서 '짹짹'하는 사이가 되어야 대화의 맛이 최고조에 이를 것이다. 밖에서 풀지 못한 문제도 집에서 부부간 대화를 하다 보면 문득 답을 얻을 수 있다.

　나는 격 없이 대화를 나누는 부부가 사는 그런 가정을 꿈꾼다. 이보다 더 건강한 부부의 모습은 없을 것이다. 어느 한쪽이 끌고 가는 방식이 아니라 서로 자연스럽게 주거니 받거니 대화를 나누는 그런 방식이었으면 좋겠다. 자기와 생각이 다르다고 서로 얼굴 붉히며 집안 분위기를 천둥 치고 먹구름 끼는 분위기로 만들지는 말아야 할 것이다. 아무리 부부간이라도 서로 마음을 터놓지 않으면 진심을 알 수가 없다. 부부간에 벽을 없애고 어떤 말이라도 편안하게 할 수 있어야 창조적인 힘을 얻을 수 있을 것이다.

우리 세대가 건전한 부부 대화 문화의 틀을 만들어 간다면 다음 세대, 그다음 세대에까지 나비효과가 나타날 것이다. 집 앞 나무 위 새 한 쌍을 바라보며 나는 대화가 충만한 가정을 만드는 꿈에 젖어있다.

샐러리맨 아내로 살아온 날들에 대한 행복

오늘은 울타리로 서 있는 쥐똥나무에게 월급쟁이 아내 얘기를 들려주고
싶어. 봄이 되면 맨 먼저 파릇파릇 싹을 틔우는 사랑스러운 쥐똥나무에게.

남편의 월급날은 다른 날보다 더 행복한 날이었어. 적은 월급이지만 월
급날이면 우리 가족은 때때로 외식을 했지. 흔히 먹는 짜장면이지만 그날
에 먹는 짜장면 맛은 특별했어.

그리고 남편이 또 옷을 사주었지. 애들과 함께 옷집에 가서 옷을 고르
고, 내 옷도 제일 잘 어울리는 것을 손수 골라주며 행복해했지. 나도 아이
들처럼 아이 좋아라. 너무 좋아. 기뻐하면 남편은 흐뭇한 표정을 지어 보
이지. 행복의 꽃밭이었어. 남편이 골라주는 옷은 언제나 나에게 잘 어울리
는 옷이었단다.

내 옷장에 걸려있는 대부분의 옷들은 남편이 월급을 타서 여러 곳을 다
니며 골라주고 입혀보고 제일 잘 어울린다 싶을 때 사준 옷들이야. 옷장
속에 걸려있는 옷들을 볼 때마다 남편이 굳이 '사랑해'라고 말하지 않아도
나에 대한 남편의 사랑이 피부에 닿지. 비록 백화점 옷은 아니더라도 남편
의 값진 월급으로 남편의 마음까지 담긴 옷을 볼 때면 몇십만 원대 백화점
옷이 부럽지 않아. 그저 명품이 라벨에 있는 것이 아닐 뿐이지. 나의 옷들
은 이 세상 어디에도 없는 오로지 단 하나 남편의 사랑이 명품 라벨이지.

남편이 받아온 월급은, 내가 한때 그랬던 것처럼 한 달 동안 꼭꼭 씹어

삼킨 한숨소리와, 순간순간 화를 억누른 마음과, 어린 상사의 거친 말을 견뎌낸 치욕의 순간들과 승진에서 밀려난 날의 좌절감, 그리고 처자를 떠올리며 문득문득 참아낸 인내의 마음이 담겨있지. 남편이 일일이 그런 맘을 드러내지 않아도 회사생활이란 원래 언제나 순탄치 않다는 걸 잘 알지. 그런 월급으로 나와 자식들을 위해 자신의 일은 늘 뒷전으로 미루었으니. 그리고 우리가 웃으면 함께 웃으며 행복해했지.

아이들이 다 자라서 객지로 나간 뒤에도 남편은 늘 내가 좋아하는 음식을 찾아다니거나 옷을 사주는 일을 빼놓지 않고 있단다. 늘 잘 먹이고 잘 입히려 하고 "당신이 행복하면 나도 행복해" 언제나 그 말뿐이지. 한 달에 꼬박꼬박 받는 월급처럼 한결같은 남편의 마음을 꼬박꼬박 받으며 나는 내일 쓸 돈 천 원만 있어도 부자라고 말할 수 있는 날들이었지. 돈은 금방 바닥이 나도 남편이 채워주는 사랑으로 마음은 늘 가득했지.

지금까지 남편의 그런 월급으로 우리 가족은 큰 어려움 없이 잘 살았다. 관리비도 내고, 은행 융자도 갚고. 딸아들도 가르치고, 내가 경력단절이 된 날부터 지금까지 글을 쓰고 책만 읽고도 살 수 있었지. 밥 맛있게 먹었고, 간간이 찻집에서 차 한잔 마실 수 있는 여유와 모임 회비도 내고.

특히 더 좋았던 건 아침 출근하는 남편을 배웅하고, 저녁에 돌아오는 남편을 손님처럼 반갑게 맞이하는, 결혼 전에 꾸었던 꿈을 이룬 거였지. 큰 행복이었어.

나는 회사를 다니는 평범한 남편하고 결혼한 걸 최고로 잘한 일이라고 생각해. 비록 월급은 얼마 안 되지만 사장이나 의사, 박사 사모님인 친구들이 부럽지 않았어. 나는 월급을 받는 정직한 내 남편이 최고라고 생각하고 살아왔거든.

얼마 안 되는 월급이지만 그 부족함 속에서도 '당신 더 먹어', '당신이 더 먹어', '당신 옷 사요', 아니, 당신 옷 사 하는 훈훈한 날들이었지. 잔잔한 정이 서로의 가슴에 차고 넘쳤지.

친구가 유럽 여행을 몇 번씩 오고 가고 했다고 자랑처럼 얘기하면 그 친구가 더 신나도록 나는 "부러워!" 진심으로 흥을 돋워주고, 밍크코트를 자랑하는 친구에겐 "나는 언제 입어보지" 하고 흥을 돋워주었지. 나는 월급쟁이 아내로 살면서 마음을 내주는 여유를 배웠고, 낮아지는 자세를 배웠고, 욕심을 비워 넉넉해진 내 마음자리로 고통받는 사람의 마음을 받아들일 줄도 알게 되었지. 나를 겸손해지도록 눌렀지.

누가 내 남편에게 지금도 회사 다닌다고 융통성 없다고 빈정거릴 때면 '당신들보다 내 남편이 훨씬 나아 속으로 시원하게 한 방 먹였지.

그런 남편이 이젠 정년퇴직을 며칠 앞두고 있어. 그 소박하던 날들의 행복 끝까지 잘 지켜가도록 노력해야겠지.

창고에 저축되어 있는 곡식이 없으면 흉년과 기근에도 대처할 도리가 없다고 하는데 오늘만큼은 통장 잔고에 대한 생각은 미뤄둘까 해. 왠지 들떠있는 남편의 기분을 망치지 말아야겠어. 생각하면 할수록 고마운 날들이야.

이건 꿈인데 말이야. 남편이 정년퇴직하는 날 꽃다발 들고 정문 앞에 가서 기다렸다 남편에게 안겨주고 싶어. 진심으로 축하해주고 싶어. 그리고 기념패를 전달해야겠어.

축! 정년퇴직!

이재성

여보! 그동안 고생 많았어요.

1982년 11월에 입사해서 2020년 6월 27일 정년퇴직을 끝으로 중간에 퇴사한 2년 정도를 빼고도 37여 년을 한 직장에서 강인하게 버텨온 당신 덕분에 우리의 딸(이서이), 아들(이기석), 아내 양윤덕이 큰 어려움 없이 한 걸음 한 걸음 발전된 삶을 살아왔어요.

한 회사에 젊음을 바친 보람되고 좋은 추억으로만 기억되길 바랄게요. 우리의 딸, 아들도 당신의 강인함과 성실성을 이어받아 잘 살아갈 겁니다.

여보! 존경해요. 그리고 사랑해요. 당신은 우리 가족의 자랑! 이 마음 영원합니다.

나의 남편 이재성! 만세! 만세! 만세!

2020년 6월, 아내 양윤덕 드림

약속은 사랑의 표현이다

도로 곳곳에 그어놓은 선들이 있다. 저 선들은 지켜야 할 약속의 선들이다. 들어가지 마세요. 건널목, 상행선, 하행선 등 이 선들을 무시하고 제멋대로 다니면 충돌이 일어난다. 벌칙도 따른다.

결혼식장에 가보면 혼인서약서를 신랑 신부가 낭독한다. 당신에게 성실한 반쪽이 되겠노라고. 그것은 부부의 길로 들어설 때 굿는 약속의 선이다. 그리고 그 길로 곱게 걸어간다.

그렇게 많은 도로의 선들도 살면서 희미해지면 다시 선을 선명하게 굿고 그 선을 벗어나지 않도록 다시 새긴다.

부부도 마찬가지다. 부부지간에 약속이란 선을 그었으면 그 선을 지켜야 한다. 그것이 믿음이다. 도로에 그은 선을 사람들이 무시하면 선이 무의미해지는 것처럼 약속을 하고 약속을 지키지 않으면 신뢰를 무너뜨리는 일이 된다. 그 선의 의미는 약속의 의미이기도 하지만 조심하라는 의미도 있을 것이다. 선을 지켜야 모든 것이 안전해진다.

약속에도 연륜이 쌓인다.

미혼 시절 나는 다니던 직장을 그만두고 대학에 진학해 평소 생각하고 있던 꿈을 이루려 할 때 지금의 남편을 만나게 되었다. 자신과 결혼을 해도 학업을 포기하지 않도록 해준다는 말에 이 사람이 아니면 평생 후회는 하지 않겠다 싶어 어렵게 입학한 학업을 중단하고 결혼하기로 결정했다.

공부는 언제든지 할 수 있는 것이지만 이 사람을 놓치면 평생 후회할 것 같아 지금의 남편을 선택했다. 그런데 살다 보니 형편이 어려워 계획대로 되지 않았지만 약속을 지키려 남편이 한국방송통신대학에 입학하길 권했고, 결국 방송대학에 들어가 국어국문학을 전공하게 되었다.

그뿐만이 아니라, 결혼생활 내내 퇴근 시간도 "나 몇 시에 올게" 말을 하고 출근을 하면 항상 그 시간을 지켜 집에 오곤 했다. 밤 12시를 넘기는 법 없이 대부분 스스로 철저히 자기 관리를 하며 아내와의 약속 시간을 지켜왔다. 약속이란 입 밖으로 내놓고 실천하는 것인데 정말 잘 실천한 것이다. 최대한으로 배우자에 대한 예의를 지켜주는 것이 바로 결혼서약서에 있는 약속일 것이다. 배우자에게 예의를 다하면 남에게도 예의를 다하는 사람이 될 것이다.

자기 스스로 만든 규칙을 누가 시키지 않아도 스스로 지켜가는 것은 참으로 든든한 일이다. 남이 뭐라고 하던 내 배우자 한 사람이 믿음직한 사람이라면 더없이 보람된 일일 것이다. 바깥사람들의 말은 밀물과 썰물처럼 칭찬과 비난이 수시로 바뀌게 되지만 배우자는 언제든지 변함없는 마음으로 맞아주는 든든한 반쪽이기 때문이다. 부부 사이에 약속을 지킨다는 것은 서로를 감시하는 일이 아니다. 서로 약속의 갓길을 적당히 확보해 놓고 융통성을 발휘하며 믿음을 나누는 일이다. 이렇게 하면 서로 선이 없어도 척척 지켜가며 불신 없이 살아갈 것이다.

약속, 하지만 어떻게 평생 약속 한 번 어기지 않고 살 수 있겠는가. 약속을 어긴 일로 다투는 일이 자주 있고, 배우자가 그걸 지적하면 미안한 마음이나 죄책감 없이 큰소리를 치니 큰소리가 나는 것이다. 그땐 마음의 갓길 하나를 내어보는 일이 필요하다. 한쪽이 화가 나 있는 상태에 한쪽이 진심 어린 사과를 하면 그래도 나을 텐데, 서로 기선제압을 하려 하니 충돌이 일어나는 것 아닌가.

갓길을 하나 설정해본다. 어디까지 갓길로 할 것인지, 약속도 쉬어가야 하니까. 기계가 아닌 이상 인간은 정확히 맞출 수가 없다. 약속을 서로 의논해서 합의점을 정해놓는 것. 즉 한갓진 갓길 같은 것을 만드는 것이다. 그리고 약속의 누진제를 만들어 조금 약속을 어긴 날은 잘 지킨 누진제로 삭감해주어 그냥 한 번쯤은 넘어가 주는 일이다. 하지만 약속은 스스로 중요성을 깨닫는 것이 가장 중요하다.

살다 보면 사소한 일로 많이 다투게 된다. 그러나 부부지간인지라 그냥 웃고 넘어가야 할 일도 많다. 상대가 어찌 내 맘에 딱 맞는 약속만 하고 살겠는가. 나도 상대에게 딱 맞는 약속을 못 하고 살지만 최소한의 노력은 하며 살고 있다. 내 약속을 소중히 여겨 나를 당신의 변방으로 밀어내지 말고 당신 안으로 챙겨달라는 바람은 부부만이 할 수 있는 애정 어린 투정일 것이다.

부부지간에는 아무리 화나는 일이 있어도 그냥 한발 물러서서 "미안해" 한마디면 돌아서 웃게 된다. 상대가 꽁꽁 얼어있는 날은 스스로 녹을 때까지 묵묵히 지켜보는 물처럼 그저 눈치를 살피다 조금 녹을 때 사과하는 것도 효과적이다. 칼로 물 베기가 부부싸움이니 조금 노력하면 쉽게 평화가 오는 것이 부부지간이다. 부부의 행복한 얼굴은 자연스레 정담을 나누는 모습이다. 어린아이의 말간 웃음처럼 천진난만한 얼굴이 거기에도 있다.

부부지간의 행복이란 별것이 아니다. 그저 사소한 약속이라도 지키려 노력할 때 행복의 소리가 맑은 소리를 내며 흐를 것이다. 여기서 서로에 대한 희망의 싹이 돋고 행복을 느끼게 될 것이다.

'적에게도 약속은 지켜야 한다'는 격언처럼, 약속은 믿음과 행동을 상징하는 것이다. 지난 세월 우리 가정이 평화로웠던 것은 우리 서로가 함께 지켜낸 약속에 있을 것이다. 가정이란 든든한 둥지를 유지하기 위해서도 우리는 앞으로 더욱 '약속'이란 단순하면서도 중요한 가치를 지키는 사람이 되어야 할 것 같다. 약속을 지키려 노력하는 것은 부부간의 사랑의 표현이고, 그렇게 노력한 것도 사랑의 표현이었다.

연인

....

산책하다가 종종 보게 되는 장면이 있다. 나이에 상관없이 부부가 함께 손을 잡고 걷거나 다정히 이야기를 나누며 가는 장면이다. 왠지 연인 같다는 생각이 든다. 참 보기에 좋다.

버스를 타고 가다 앞자리에 앉은 여성이 전화로 나누는 대화 내용을 문득 들은 적이 있다. 집안 얘기며 아이들 얘기를 하다 끝날 때쯤이면 "여보 나 사랑해?" 하며 남편의 사랑을 확인하는 것이다. 그리고 "나도 사랑해"로 전화를 끝내고 자신의 모습을 유리창에 비춰본다. 아직도 연인의 감정을 가지고 살아가는 그 부부의 모습이 봄날의 풋풋함으로 다가왔다. 나는 부부가 연인처럼 살아가는 모습을 보면 나이를 떠나 부부들의 미래가 밝다는 생각이 든다.

어느 날 잠자리에서 눈을 떠 남편이 출근하고 옆에 없으면 허전하다. 그런 날이면 남편에게 '여보' 하고 카톡을 보낸다. 그러면 남편이 '여보, 왜?' 하고 묻는다. 나는 '그냥'이라고 한다. 특별히 할 말이 없으면서도 그렇게 하고 나면, 남편은 '나, 일찍 퇴근할게. 어디 산책이라도 갈까?' 하고 대답이 돌아온다. 그런 날은 내내 행복하고 기분이 들뜬다. 마치 연애하는 듯한 감정에 사로잡혀 남편이 연인 같다는 생각이 든다. 남자친구한테 데이트 신청이라도 받은 듯 흥얼흥얼 콧노래를 부르고, 덩실덩실 춤도 춘다. 화장도 하고, 어떤 옷을 입을까. 이 옷 저 옷 입어보며 한껏 부풀어 남편의 귀가 시간을 기다린다.

부부는 영원한 연인이어야 한다. 결혼해 살면 연애 감정이 사라지지만 그래도 한때 부부는 연인이었다. 그러니 부부는 본질적으로 연인인 것이다. 지금은 그때의 연인은 아니지만 한시라도 곁에 없으면 허전해지는 오래된 연인이 되어있다. 그 시절 연인의 감정을 부부생활 안에 재현해 보는 일이 꼭 어렵지는 않다고 생각한다. 살아가면서 남편 앞에서 좀 철없는 행동도 해보이고, 나이도, 고지식한 것도, 고상한 것도 다 벗어던지고 그저 아무런 벽 없이 천진난만한 모습이 되어 보는 것도 좋다. 그런 부부만의 은밀함이 있어야 부부의 활력이 생길 것이다. 아무리 죽네 사네 하며 결혼을 해도 시간이 지나면 무덤덤해지기 마련이다. 그러나 부부만이 가진 원초적인 감정을 살리려는 노력은 해봐야 할 것이다.

부부로 살아가는 날은 길다. 그래도 내 주위에 수십 년을 권태를 모르고 살아간다는 부인이 있다. 그 이유는 남편이 지금도 자신에게 신사다운 면모를 잃지 않고 있기 때문이라 한다. 늘 단정하고, 친절하고, 관심을 가져주고… 어디를 다닐 때도 늘 부부 동반을 한다고 한다. 무엇보다 자기 자신을 자랑스러워 해주는 남편에게 자신도 자랑스럽고 변함없는 사랑을 느낀다는 것이다. 그 남편인들 왜 단점이 없겠는가. 하지만 자신을 향해 마음의 문을 크게 열어주는 남편이니 다른 건 다 작아 보이더라는 것이다. 내 남편 같은, 내 맘 같은 말이다.

부부가 살면서 애틋한 감정이 사라졌다고 생각하면 허전하기도 하지만,

그래도 상대를 위해 노력하며 살면 멋지게 살 수도 있을 것이다. 매일매일을 연인처럼 살아가면 좋겠지만, 그렇지 못할 경우 '부부 연인의 날'을 함께 정해보면 좋겠다. 연인의 감정을 되살려 처음 만났을 때로 돌아가 보는 둘만의 행사로, 남편과 아내가 첫 만남의 기쁨을 둘이서만 가져보는 것이다.

부부는 검은 머리가 파뿌리 되도록 살아야 하는 소중한 인연이다. 운명적으로 하나로 묶여 있다. 그러니 매일매일 부부 연인의 날처럼 애틋함을 키우며 살아야 할 것이다. 우주는 음과 양으로 이루어져 있고, 그 우주의 중심은 부부다. 부부라는 음과 양의 힘으로 역사는 이루어진다.

강에 노니는 오리 한 쌍을 본 적이 있다. 오리들도 꼭 붙어 다니며 부부 연인을 지키는 것처럼 보였다. 그 적적한 강물의 시간을 둘이서 나란히 왔다 갔다 하니 순간순간 물무늬가 일렁인다. 저들이 그려가는 물무늬가 행복의 꽃무늬 같다. 인간 부부들이 그리는 생활 속 물무늬도 저렇게 아름다웠으면 좋겠다.

우아한 하객들과 함께

결혼생활의 목표는 서로 존중하며 행복하게 사는 일이다. 그래서 결혼기념일도 열심히 챙긴다. 결혼기념일은 부부로 탄생한 생일인 만큼 서로 최소한의 선물이라도 주고받고 싶은 날이다. 생일날 미역국을 먹지 않으면 서운한 것처럼 서로 챙겨주지 않으면 섭섭한 마음이 오래간다. 많고 많은 인연 중에 부부로 탄생 되어 살아가니, 당신을 만나 행복하다. 그동안 수고했다. 그리고 앞으로도 잘살아 보자. 그런 감사와 사랑의 마음과 미래를 담아보는 것이 선물이다. 서로 맘껏 축하하고 축하받자. 그리고 살아있는 한 함께 살아가야 할 소중한 인연을 잘 챙겨보자.

하지만 더 좋은 선물은 부부로 살아온 날들을 되돌아보며 성찰의 시간을 갖는 일이다.

'딩동, 딩동' 아무도 올 사람이 없는데, 택배를 신청한 것도 없는데 오전 11시 현관 벨이 울렸다. "누구세요?" 하는 순간 남편이 활짝 웃으며 들이닥친다. "여보, 33년차 결혼기념일 축하해!" 나는 당황하며 "아, 그렇구나, 결혼기념일이었구나!" 그때서야 정신이 바짝 들었다. 그리고 먼저 챙기지 못했다는 생각에 미안한 마음이 잠시 스쳤다. 남편은 잠깐 외출을 신청하고 나왔다고 한다.

평소 내가 좋아하는 하객들까지 대동하고 왔다. 장미꽃송이와 안개꽃송이들, 그리고 제라늄과 영산홍 화분까지, 우아하고 기품 있는 하객들에 나는 압도당했다. 텅 빈 거실이 금세 시끌벅적하면서 향기로운 잔칫집이 된다. 나는 남편에게 잠시만 기다리라고 했다. 화려한 옷차림의 하객들이 거실을 가득 채우고, 신부인 나의 입장을 기다리고 있지 않은가.

치장을 서둘렀다. 치장하는 내내 설렜다. 처음 신부 화장을 하던 그 날의 결혼식 날 설렘이 고스란히 살아나고 있었다. 새 신부처럼 수줍게 웃으며 그의 앞으로 다소곳이 다가가자, 남편이 정식으로 꽃다발과 함께 "여보! 우리의 결혼기념일 축하해. 그리고 사랑해!" 사랑 고백과 사랑의 세레나데를 중후한 바리톤 목소리로 멋지게 한 곡 부르고 포옹으로 마무리를 했다. 이어서 나도 한 곡 '오늘 다시 보아도 처음 본 그날처럼 그리움에 눈매 깊어지네요…' 내가 직접 작시한 가곡 '당신 곁에 있어요'를 화답으로 부르고, 오래전에 배운 고전무용 '태평무'를 약간 추는 시늉을 해보았다. 그리고 "여보, 사랑하고 축하해요." 사랑 고백과 포옹을 했다. 우리 부부는 하루하루 사랑 고백을 하고 사는 날이 많지만, 오늘 주고받는 사랑이라는 말이 첫날밤의 사랑 고백보다 더 두근거리게 했다.

꽃송이들 하객이 환호성을 지르며 마주 보고 선 남편과 나를 향해 일제히 축하의 박수를 보내는 듯하였다. 신부 입장 때 울려 퍼지는 결혼행진곡처럼 꽃향기는 황홀하고 은은하다. 이 남자만을 사랑하며, 절대 싸우지 않고, 행복하게만 살아야지. 평생 연애하듯이 낭만적으로 멋지게 살아야지…. 33년 전 결혼식을 마치고 결혼식장을 나설 때 새긴 각오 못지않은 새로운 각오들이 문득 생긴다.

돌아본다. 그 순수한 날에 새겼던 그 마음을 얼마나 잘 실천하고 살아왔는지, 남편에게 성실했는지, 일편단심 진심으로 이 남자만을 사랑하며 살아왔는지, 낭만적으로 연애하듯이 행복하게 살아왔는지, 서로 싸우지는 안했는지…. 아쉬운 점이 많다.

우리 약혼 기념일은 4월 19일이다. 마치 4·19 투쟁처럼 전투적으로 살아온 날이 많다. 남편 말이 옳다 해도 조선 시대 여인처럼 무조건 "네, 네" 하며 살 수는 없었다. 두루뭉술하게 넘어갈 일도 서론, 본론, 결론으로 이해시켜야 하는 논리적 충돌도 피곤했다.

부부 문제는 부부만이 안다고, 서로 귀 기울이고 대화로 풀어가는 것이 제일 좋은 방법일 것이다. 우리는 서로 자기주장만 하다 불만만 쌓였고, 각자 자신의 단단한 고집의 옹벽을 뛰어넘지 못했다. 그것이 벽으로 단단히 굳어졌다. 앞으로 함께 무너뜨려야 할 벽이다. 부부는 칼로 물 베는 사이라 하니 그 벽이 쉽게 무너지리라 믿는다.

이제 30여 년을 산 우리 부부 모습이 호수를 닮아갔으면 한다. 좁은 웅덩이로 있던 가슴의 벽을 툭 터 넓은 호수로 만들어 가고 싶다. 해와 달과 비와 진눈깨비를 함께 담고도 잔잔한 것이 호수다. 그렇게 서로를 바라보는 시선이 넓고 높게 성숙 되었으면 한다. 그러나 넓고 높은 마음만 있으면 밋밋하다. 호수에는 물고기가 살아야 생동감이 있다. 부부의 마음에도 '사랑'이라는 물고기가 살아야 한다. 알록달록한 모습으로 싱싱하게 살아서 꿈틀거리는 물고기다. 아가미가 펄떡거리고 지느러미가 흔들흔들하는 생동감 있는 물고기처럼 두 사람이 만든 마음의 호수에 늘 사랑의 물고기가 노닐어야 한다. 알록달록한 물고기 같은 사랑, 그러나 그 사랑에 관심을 두지 않으면 이끼가 낀다.

결혼기념일은 그동안 살아온 날들에 대한 결산보고서이기도 하다. 그래서 꼭 필요한 것이 성찰이다. 우리의 아름다운 관계가 잘 굴러가려면 이런 성찰의 시간이 반드시 있어야 하고, 결혼기념일이 그날이다.

남편이 다시 회사로 들어가야 한다고 포옹을 서두른다. 오늘의 신랑·신부 퇴장을 알리는 향기가 잔잔히 깔린다. 창창한 오후를 향해 함께 팔짱 끼고 나란히 발맞추어 걸어가는 남편과 나의 뒷모습을 딸·아들이 보았을 때 아름다웠으면 좋겠다.

'부부의 세계'도 우리가 세계를 이끄는
선진국이 되길 꿈꾸며

길을 가다가 갑자기 천둥·번개를 동반한 악천후를 만날 때가 있다. 그때 당황하며 처마 밑이나 나무 이파리라도 찾게 된다. 잠깐 놀란 가슴을 진정시킬 때 그 처마 밑이나 나뭇잎이 한없이 든든하고 고맙다.

몇 해 전 겨울이었다. 마침 일요일이라서 평소 우리 부부가 형님, 언니라고 부르는 지인의 집을 들렀다. 오랜만에 방문한 그 날 그 언니는 예전과 달리 많이 아파 보였다. 혼자서 차가운 거실 한쪽에 1인용 전기장판을 깔고 누워 있다가 우리를 반갑게 맞아주었다. 궁금해서 물어보니, 암 수술을 받고 항암치료를 기다리는 중이라고 했다.

집에는 아무도 없었다. 잠시 그 언니는 가슴에 담고 있던 말을 어렵게 꺼냈다. 남편이 "뭐 하러 항암치료 받아…" 퉁명스럽게 말을 하고 밖으로 나갔다는 것이다. 얼마나 화가 났으면 한참 어린 우리에게 꺼내는 첫 말이 그랬을까. 순간 말문이 막혔다. 어쩜 그럴 수가. 그 바깥 분은 평소 인품이 좋아보였기 때문에 설마, 귀를 의심하였다.

그 얘기가 사실이라면 멱살이라도 잡고 싶었다. 평생 출근하라고 새벽밥 해주고, 와이셔츠 다려주고, 갖다주는 월급 아껴 쓰느라 화장 한 번 제대로 못 하고 살아오다 어느 날 갑자기 악천후를 만나는 꼴이 되었는데 처마가 되어주고, 나뭇잎 같은 마음 내어주길 당연히 바랐을 아내 아닌가. 그 아내에게 남편이라는 사람이 고작 하는 말이…. 그 자리에 그 언니의 남편이 있었더라면 탁 때려주었을 것이다. "제발 아내한테 그러지 마세요." 그동안 살아온 정은 어디 갔느냐. 뭐라고 할 말이 생각이 안 나 고개만 끄덕끄덕하며 언니의 하소연을 들어주었다. 마음 둘 곳 없어 죽음 앞에서 두려워 떨고 있을 가냘픈 아내에게 위로는커녕 가슴에 대못 박고 밖으로 휑 나가다니. 밖에서 남들한테는 친절한 말도 잘하는 너그러웠던 사람이 절망에 빠진 아내한테는 얼마나 힘드냐고, 잘 될 거라고, 내가 있으니 걱정 말라는 말 한마디 왜 못했을까. 처마 밑이나 나무 한 잎보다도 못한 그 남자의 마음….

또 한 가지 더 소개하자면, 어느 날엔가 모임을 갔었는데 그중 한 사람이 말했다. 자신이 새로운 곳으로 이사를 해 잠시 쉬고 있을 때 돈이 한 푼도 없더라는 것이다. 그래서 아침 출근하는 남편에게 생활비 떨어졌다고 돈을 좀 달라고 했더니 힐긋 쳐다보며 "돈도 못 벌면서" 중얼거리며 방바닥에 돈을 휙 던지고 나갔다고 한다. 너무 자존심 상했다고. 여러 사람 앞에서 부끄러움도 없이 배우자한테 자존심에 상처받은 마음을 토로한 적이 있었다. 참으로 부부지간에 예(禮)가 없는 사람들이다.

부부들의 이런 어두운 면면을 떠올리다 보면 '부부의 세계'는 아직 후진국을 면치 못한 것 같다. 부부지간에 도덕이 어디 있나, 부부를 다스릴 법은 왜 없나. 해야 할 말과 하지 말아야 할 행동은 유치원 다니는 아이들도 다 알고 눈치를 살피는데, 최소한 50살이 넘은 이 사회에 어른이라고 하는 사람들의 행동이 이러하니 유치원생보다 못하다 싶어 한심할 때가 많다.

이젠 우리나라도 선진국이 되었으니 부부의 삶도 선진국답게 달라져야 하지 않겠는가. 부부간에 서로 예의를 지키며 격조 있게 살아가는 좋은 나라가 되어 다른 나라들이 우리를 부러워했으면 좋겠다는 꿈을 꿔본다.

좋은 예도 있다. 내가 암진단으로 수술을 하고 6개월 동안 항암치료를 받았다. 그동안 남편은 하루도 빠짐없이 회사 일이 끝나고 병실에 와 함께 했다. 거기서 출근하고, 내가 없는 곳에선 펑펑 울었다고도 한다. 그리고 시간이 날 때마다 공기 좋은 곳으로 차에 나를 태우고 다니며 온갖 정성을 다했다. 그때 나는 남편이 더할 수 없이 든든해 신이 나에게 준 선물이 남편이라는 걸 진정으로 느꼈다.

또 어느 젊은 날 한때 동화 같은 이야기도 있다. 집에서 살림만 하는 내가 혹여 돈이 없어 친구도 못 만날까 걱정이 되어 "여보, 돈 필요하지? 잠깐 친구들 만나서 차 한잔 하고 와요!" 아침 출근할 때 손편지와 함께 식탁 위에 돈을 놓고 간 적이 있었다. 너무나 고마워 두고두고 미소 짓게 한다.

날로 우리나라의 위상은 높아지고 있다. 그에 따라 삶의 기본단위인 가정의 위상도 높아져야 한다. 5월은 부부의 날이 있는 가정의 달이다. 세상에 인간관계가 많고 많지만, 부부보다 더 소중한 사이는 없을 것이다. 가깝고도 멀고, 멀고도 가까운 사이가 부부이니 부부간에도 예의가 필요하다. 예의란 서로 마음을 다치지 않고 보호하기 위해서이다. 내 배우자를 보호하는 일만큼 소중한 일이 뭐가 있을까. 우리나라는 원래 동방예의지국이었다. 거기에는 부부간의 예의도 들어있었다. 부부간에 서로 격을 갖추고 예를 다해 사는 모습은 우리의 훌륭한 전통이었다. 이것이 알려지면 세계가 우리를 찾아 배우러 올지 모른다. 이러다 보면 자연스러운 관광산업도 될 수 있을 것이다.

한 걸음 더 나아가, 지자체가 예비 신랑·신부들을 위해서 '부부 행복' 세미나 같은 것도 가졌으면 한다. 아니면 신혼여행지에서도 좋다. 딱딱하지 않으면서 인생의 좋은 훈수를 실감 나게 꾸려보는 것도 재미있을 것이다.

몸이 건강하면 만사가 형통하듯이 부부가 평온하면 가정은 물론 사회에 평화가 온다. 한국의 부부들이 세계에서 가장 행복하게 살고 있다고 소문이 나면 세상의 모든 부부들이 결혼해서 한국에서 살고 싶다는 꿈을 꾸지 않을까? 문득 동화 같다는 생각을 하면서도 가능한 현실이라는 희망이 생긴다. 뭐든지 노력하면 될 것이다. 부부 만세! 대한민국 만세!

정이 아니고 사랑으로

부부가 사랑의 빛이 퇴색하면 정으로 산다고 한다. 그러나 부부가 아직도 사랑으로 산다고 하면 그보다 더 좋은 것이 없을 것이다.

결혼반지의 보석은 백 년 천 년이 지나도 빛을 잃지 않는다. 나는 약혼반지로 십팔금에 사파이어, 에메랄드, 루비라고 불리는 여러 빛깔의 큐빅이 별처럼 오밀조밀 박힌 반지를 받았다. 값으로 치면 그다지 비싸지 않은 것으로 기억된다. 그중 푸른 사파이어는 진실과 성실, 초록 에메랄드는 행복과 부부애, 빨간 루비는 깊은 애정 등 저마다 결혼생활 내내 새겨야 할 약속 같은 마음들이 담겨있다.

그런데 그 소중한 반지를 오래전에 손에서 잠깐 빼놨다가 남편과 내 반지 모두를 잃어버렸다. 너무 속상했다. 하지만 그 사랑의 반지가 언제 우리 마음속에 자리 잡았는지, 서로의 마음속에서 알게 모르게 변함없이 사랑의 빛을 지금까지도 안전하게 발휘하고 있다.

남편과 나는 부부로 살아오는 동안 지금까지도 보석 반지처럼 변함없이 "여보, 사랑해"라는 말을 주고받고 있다. 집 안에서도 서로 눈빛이 마주치면 "여보, 사랑해" 하고 다가가 포옹을 할 때도 있다. 전화할 때, 또는 카톡으로 문자를 보낼 때 "여보 사랑해"로 문자 내용의 끝을 마무리 하는 날이 대부분이다. 어느 날엔 뜬금없이 장난스럽게 "여보, 사랑해"라는 말만 보내기도 한다. 내 남편이기에 언제든지 문자를 보내도 상관없다. 그러면 남편도 "그래, 여보 사랑해" 답이 온다. "여보 사랑해"라는 말은 영원히 반짝이는 보석 반지다.

만약 남편과 내가 "여보, 사랑해"만 천만번 주고받았다면 수십 년 결혼 생활 내내 사랑하는 마음을 유지할 수 있었을까? 아니었지 싶다. 누구나 말하듯 결혼하고 몇 년 지나면 사랑이 아니라 정으로 산다는데, 우리 부부도 마찬가지였을 것이다.

하지만 남편과 나는 말만 아니라 끊임없이 서로를 챙겼다. 오래전 남편이 서각을 하고 싶다는 말을 꺼내는 걸 가슴에 담아두었다가 기회가 되었을 때 서각학원에 등록해서 서각을 배워보라고 권유한 적이 있다. 그때 내 마음을 남편은 두고두고 "여보, 고마워" 하고 표현한다.

그리고 남편이 퇴근해서 집에 올 때쯤이나 집에 있을 때, 나는 혼자 있을 때보다 더 깨끗하게 청소를 한다. 남편이 쾌적하게 쉴 수 있도록 하고, 늦은 시간에도 빈대떡이 먹고 싶다고 하면 기꺼이 즐거운 마음으로 만든다.

남편 역시 마찬가지다. 남편과 늘 함께 마트에 가는 날이 많은데 그때마다 남편은 무거운 짐을 꼭 챙긴다. 그리고 외출할 때 신고 나가라고 구두를 반짝반짝 윤기 나게 닦아놓는 일 등 작은 일이지만 남편 사랑을 느끼게 하는 날들이다.

어느 날 서각을 하고 있던 남편이 슬며시 웃으며 십장생 그림인 푸른 소나무에 학이 앉아있는 디자인민화 쌍학도 한 점을 보여주었다. 그리고 그 그림 아래 송반무여학(松伴無如鶴)이라는 글을 전서체로 새길 거라고 했다. 송반무여학은 푸른 소나무와 흰 학의 만남은 가히 환상이다. 즉 소나무의

짝은 학과 같은 것이 없다는 뜻이라면서 "이재성의 배우자로서 양윤덕이만한 사람이 없어"라는 말을 곁들였다. 순간 뭉클했다. 평소 "평생 당신만을 사랑해"라는 말을 자주 하는 남편이지만, 헛말이 아니었구나, 평생 믿고 살아도 되겠구나, 싶어 눈물이 살짝 났다. 그러더니 며칠 후 그림과 글씨 솜씨를 멋지게 발휘한 작품에 '이재성의 배우자로서 양윤덕(詩人) 만한 사람이 없다(2020년 7월 7일)'라는 글귀를 그림 뒤에 써서 내게 선물로 안겨주었다. 그 마음이 진심이냐고 하니 머뭇거림 없이 그렇다고 해서 바로 나만을 위한 말로 특허등록을 해두었다. 벽에 걸어놓고 바라보는 일 자체만으로도 남편의 사랑이 느껴진다.

우리 부부가 서로 사랑하는 감정을 간직하고 살아가는 건 함께 꿈꾸며 초원을 달리는 것과 같다. 남편이 하는 사소한 일일지라도 나를 위한 특별한 감정으로 받아들이노라면 그것이 사랑의 감정이 되어 "여보, 사랑해"라는 말이 나온다. 그건 바로 나의 기쁨이 되고 가정의 행복이 된다.

큐빅 보석 반지가 누구에게는 흔한 것이 되고, 누구에게는 귀한 것이 되겠지만, 그리고 "여보 사랑해" 같은 말이나, 남편의 사소한 행동 하나 하나가 누구에게는 당연한 것으로 여겨지고 특별한 일이 아니겠지만, 나는 남편이 나를 위해 하는 하나하나의 표현과 행동들을 나만을 위한 특별함으로 받아들인다. 가끔 내 흐트러진 옷매무새를 가다듬어주는 손길 하나에도 특별한 감정을 느끼며 "여보, 고마워요. 그리고 사랑해" 하고 말한다. 진정 마음에서 우러나는 말이다. 사랑하는 마음으로 살다 보면 마음에 활기를 잃어버리지 않는다. 그러니 권태로움이 쉬이 찾아들 틈이 없다.

하지만 살다 보면 항상 좋은 날만 있는 것이 아니다. 아무리 성능 좋은 기계일지라도 잠깐씩 멈추듯, 티격태격 다투는 날도 있다. 이런 일은 탄력을 위해서나 환기를 위해서 필요한 부분이기도 하다. 그러면서 기계도 오래 멈춰있으면 녹이 슬 듯 우리는 빨리 화해를 서두른다. 다툼이 있고 나서 서로 서먹서먹할 때 "여보, 사랑해" 포옹을 하며 먼저 다가가면 남편이 빙긋이 웃는다. 그러면 그때 다시 사랑의 마음이 봄나무의 싹처럼 파릇파릇 돋는다. 거짓말 같은 참말이다.

외출할 때 "여보 잘 다녀와, 사랑해"라는 말을 남편으로부터 듣고 집을 나서면 듣지 않은 날보다 발걸음이 훨씬 가볍다. 이런 날은 목걸이나 반지를 굳이 하고 나가지 않아도 왠지 당당하다.

보석으로 치장하는 걸 별로 좋아하지 않는 나는 남편의 표현 하나하나가 최고의 보석이 된다. 몸에 지닌 귀금속은 도둑맞을까 조바심이 날 수 있지만, 남편의 한마디 표현과 행동은 늘 안전한 곳에 보관되어 있으니 아늑하고 우아하다.

남편이 나를 위한 행동과 한마디 표현은 세월이 흘러도 내 영혼 속에서 빛나고 있다. "여보, 사랑해"로 말하는 순간 내 마음도 남편에게 스스럼없이 달려가 안긴다. 초록 에메랄드의 빛으로, 빨간 루비의 빛으로 남편의 영혼 속에서 영원히 빛나고 싶다. 이 순간 우리는 지상 최고의 빛나는 보석 반지를 나누어 낀 느낌을 가진다.

내가 먼저 "여보, 사랑해" 하는 게 좋고, 남편이 "여보, 사랑해"라고 마음을 받아주는 것이 좋다. 사랑하면서 서로 닮아간다.

부부가 정으로 산다는 어떤 부부들 틈에서 나는 우리 부부의 "여보, 사랑해"를 늘 자랑삼는다. 오래전 경상북도 안동의 어느 옛 무덤에서 나온 원이 엄마 편지가 문득 생각난다. '여보, 남들도 우리처럼 서로 사랑하며 살까요.' 원이 엄마가 원이 아버지 무덤 속에 넣어둔 그 사랑의 편지가 세상에 나왔을 때, 세상 모두가 울었던 것 같다.

부부가 사랑의 빛이 퇴색하면 정으로 산다고 하는 말은 내게 너무 멀다. 사랑한다는 말을 하며 사랑으로 사는 부부라야 진짜 행복한 부부라고 생각하기 때문이다.

함께 다닌 길

....

숨 쉬며 살아있어, 우리가 함께하는 시간을 소중하게 살고 있는가?

나는 남편하고 다닌 길을 기억 속에 많이도 간직하고 있다. 산으로 난 등산로, 결혼식장으로 가는 길, 황하로 흐르는 강 위 비행기길, 집 주변 산책로, 전국 방방곡곡 여행길… 모두 남편이 나와 함께 다니길 좋아해서 함께 다닌 길들이다.

시계를 자꾸 들여다보며 "여보, 출발…." "알았어요." 초침과 분침으로 째깍째깍 그날그날 새로운 이야기를 만들어 가던 시곗바늘이 지금도 멈춤 없이 우리의 팔에서 "여보, 출발…." "알았어요." 즐거운 소리를 내며 돌아가고 있다. 생각하면 할수록 아니 깊이 생각하면 할수록 어느 한쪽도 엇박자를 내며 멈추지 않고 같은 소리를 내어 신기하다.

혼자 나서는 길은 아무런 의미가 없다고, 해외로 발령이 나도, 축하의 자리도, 등산이든 어느 곳이든 남의 눈치도 아랑곳하지 않고 당당하게 나를 챙기는 남편. 나하고 동행하는 걸 좋아하는 남편 마음이 나는 마냥 좋아서 따라나선다. 어린아이 같다. 귀찮다고 따라나서지 않은 적이 한 번도 없다.

하지만 때론 그런 남편이 행여, 눈총받을까 염려스러워 "여보, 나 때문에 불편하지 않아요?" 하고 그림자처럼 뒤로 살짝 물러서며 숨죽여 물으면 "당신 없이 나 혼자 무슨 재미로 가?" 되레 내가 괜찮으냐고 묻는다. 남편은 어디든 나와 함께하는 게 좋고, 나만 괜찮으면 아무렇지 않다는 것이다.

한 가지 예를 들자면, 남편이 중국 서안에 한국 현장사무소에 현장소장으로 발령 난 적 있었다. 발령 소식을 처음 접했을 때 언제나 든든한 버팀목이었던 남편과 한 번도 떨어져 보낸 적이 없던 나는 가슴이 무너져 내리는 소리를 들었다. 그동안 품었던 희망이 와르르 무너지려던 순간, 남편이 우리 부부가 그곳 숙소에 직원들과 함께 생활할 수 있도록 허락을 받아내서 함께 그곳에 머물 수 있게 된 일이 있었다. 절망이 희망이 되던 순간이었다. 남편은 늘 이렇게 나를 '희망'이란 곳으로 이끌어주었다. 그곳에서도 우리는 주말이면 꼭 함께 곳곳을 찾아다니며 관광을 했다.

마이크 펜스 미국 부통령이 하원의원 시절에, "아내를 제외한 여성과는 단둘이 식사를 하지 않고, 아내 없이는 술자리에도 가지 않는다."고 밝힌 인터뷰 내용을 본 적이 있다. 두말할 것 없이 아내 입장에서 보면 믿음직스런 남편이 아닌가. 미국에는 마이크 펜스 미국 부통령이 있다면, 정도 혹은 내용에 차이는 있겠지만, 내 곁에는 내 남편이 있다는 생각에 뿌듯함이 차오른다.

감동할 준비가 되어있지 않은 사람에게는 결코 감동할 거리가 나타나지 않는다는 말이 있듯이, 나는 늘 남편이 어딜 가자고 하면 좋아할 준비가 되어있다. 그리고 남편의 마음에 늘 감동할 준비가 되어있다.

남편은 집에서 스스로 멀리 벗어나지 못하는 나에게 새로운 세상과의 관계를 맺도록 중추적 역할을 해준다. 새로운 곳에서 더 높고, 더 넓게 생각할 수 있도록, 지금보다 더 낯선 세상을 끊임없이 경험시켜준다. 좋은 글을 쓸 수 있도록 외조를 아끼지 않는다. 그리고 둘이서 이런저런 대화를 나누다 남편으로부터 세상에 대한 새로운 깨달음을 덤으로 잔뜩 안고 집으로 돌아올 땐 보따리를 펼쳐놓을 생각에 마음이 콩닥거리기도 한다. 이런 낌새를 안 남편은 흐뭇해한다.

정년퇴직을 하고 요즘 집에 머무는 시간이 많아진 남편이다. 남편이 집에 있으면 지겹다고 친구들은 아우성이지만, 나는 되레 오랜 친구 하나가 옆에 온 것 같아 푸근하기만 하다. 언제나 허심탄회하게 대화를 나눌 수 있어 좋고, 남편이 서예와 서각(書刻) 하는 모습을 사진도 찍고, 때론 책을 읽고 지식도 서로 나누며, 뉴스에 대한 의견도 나누고, 집 주변도 거닐며, 함께 밥을 먹고, 함께 차를 마시며, 외로운 생각이나 부정적인 생각이 끼어들 틈도 없이 하루가 금세 간다. 수십 명의 친구보다 한 명의 든든한 남편이 최고라는 생각이 진정으로 든다.

그동안 마음속에 독풀처럼 무성하게 자리 잡고 있던 온갖 잡념들을 싹 갈아엎고 감동의 씨를 뿌릴 준비를 서두른다. 우리의 마음이 비옥한 땅과 같아서 감동도 씨 뿌리는 순간 금방 쑥쑥 자란다. 씨앗처럼 작은 감동을 심어 큰 행복으로 빚어내는 일에 우리 부부는 능숙하다.

"여보, 출발" "네, 알았어요." 초침과 분침이 척척 소리 맞춰 잘도 돌아간다.

숨 쉬며 살아있어, 우리에겐 함께 다닌 길이 있고, 함께하는 시간이 있어, 오늘 하루도 금보다 보석보다 더 소중하게 살고 있다.

2부.

반지의 비밀

위안 혹은 위로의 기억

....

'그때는 내가 어렸다'라는 생각이 들기까지는 삼십여 년이란 세월이 지난 뒤였다.

결혼하고 처음으로 내가 어렸다고 생각되는 일이다. 우리 아이들이 초등학교에 다니고 처음으로 사회생활을 시작했다. 야무진 꿈을 가지고 초등학교 특기 적성 글쓰기, 논술 강사로 지원해 경쟁자를 물리치고 강사로 나가던 시절이었다. 한껏 부푼 풍선처럼 꿈에 부풀어 첫 수업을 마치고 교실 뒷마무리도 말끔히 한 후 문을 나서려는데, 글쓰기 부(副)교실로 사용하던 반 담임 선생님께서 들어와 교실을 한번 휙 둘러보더니 청소를 깨끗이 하고, 책·걸상도 반듯하게 다시 정리하고 검사받고 가라는 거였다. 순간 기분이 상해 울컥했다. 생각해보니, 그게 바로 '갑질'이었지 싶다. 새내기 초년 강사에게 닥친 갑작스러운 명령에 자존심이 무척 상했다. 이런 일이 닥치리라곤 꿈에도 상상을 못 했던 터라, 그 선생님이 교실을 나간 뒤 눈물이 펑펑 쏟아졌다. 회사에 있는 남편한테 전화를 했다. "여보! …" 찡찡 울면서 남편에게 이러저러한 정황 설명을 하는데 남편이 별일 아니라는 듯 웃으면서 "내 아내가 사회생활 쓴맛 한번 톡톡히 보는구먼. 하하. 당신은 당당한 논술 선생이야. 당신이 얼마나 자랑스러운데… 너무 자존심 상해하지 마." 나를 연신 토닥거려주며 자존심을 세워주려 노력했다. 남편의 그런 위로에 어느 정도 마음이 진정되고, 나도 나를 추스를 수 있었다. 앞으로 몇 년은 그보다 더한 상황이 닥쳐도 거뜬히 넘길 것만 같았다. 이렇게 남편은 크고 작은 일들을 겪을 때마다 든든한 존재가 되어주었다.

두 번째로 내가 어렸다고 생각되는 일이다. 남편이 갑자기 해외로 발령을 받았다. 나는 발령 소식을 듣고 남편하고 떨어져 지낸다는 것만으로 엄청난 스트레스가 되었다. 발령 날짜를 받아놓고 혼자 지낼 것을 힘들어하는 나에게 남편은 "우리가 그곳에서 함께 생활할 수 있도록 노력해볼게. 그때까지 우리 서로 보고 싶어도 잘 참고 견뎌 보자고! 전화 자주 할게. 너무 힘들어 하지 마…."

공항에 가는 날까지도 남편은 나를 위로해 주었다. 때론 해방감을 느끼며 그런 나를 귀찮다고 짜증 내며 밀어낼 법도 한데 말이다. 그렇지만 애들도 객지로 떠나고 혼자 집에 남아있을 나를 안타깝게 여기며 더 안심시켜주려 하던 남편이었다. 그동안 계속 나를 다독여주던 따스한 위로의 말들은 홀로 집에서 비자를 기다리며 노심초사하던 날에도 내 마음 구석구석을 흘러 다녔다. 그 속 깊은 마음이 작으나마 긴긴 한 달 외로움을 참는 견인차가 되었다. 남편의 그런 다정한 마음은 나로 하여금 행복을 끊임없이 노래 부르게도 했다.

부부는 서로의 말 한마디로 웃기도 하고, 울기도 하고, 천당과 지옥을 오고 가기도 하는 사이다. 힘든 순간을 어루만져 주는 남편의 말은 확신이 되고 깜깜한 어둠 속 햇살이 된다. 크든 작든 나의 말에 귀 기울여 주는 사람은 남편밖에 없다.

말 한마디로 천 냥 빚을 갚는다는 옛말은 말의 위력이 그만큼 크다는 뜻인데, 남편의 따스한 말 한마디는 언제나 천 냥 빚을 갚듯 크게 다가온다. 크고 작은 다툼이 있을 때마다 내가 먼저 져준 마음에 대해 남편이 빚을 갚는 것인가. 어쨌든 우리는 천생 부부다.

세상일에도 서툴고, 사람 대하는 일도 서툴고, 혼자 지내는 일도 서툴기만 한 나에게 더없는 버팀목이 되어주는 남편을 어느새 내 목숨보다 더 소중한 사람으로 여기고 살아간다. 남편이 내게 해준 위로와 위안의 말들이 살아온 세월 속에서 은은히 빛나고 있음을 이제야 깨닫는다.

뒤끝 없는 어린아이가 되어

아침에 늦잠을 자다가 악몽을 꾸었다. 치열한 전쟁 같은 그 고약한 장면에 몸서리가 쳐졌다. 잔잔한 노래가 울려 퍼지던 거실에 시끌벅적 남편과 나의 고성이 오고 갔다. 순식간에 식탁에 차려놓았던 반찬 그릇들이 남편 손에서 거실 바닥에 내동댕이쳐지며 산산조각이 나고, 거실 바닥은 폭탄이 지나간 것처럼 유리 조각이 난무했다. 이유는 조용조용 대화를 하다가, 남편의 입에서 튀어나온 말 한마디가 대못처럼 가슴에 박혀 화를 참지 못한 내가 불화살 같은 말을 쏴버린 데서 촉발되어, 서로가 야수가 되는 모습으로 변해 공격을 하는 장면이 되고 말았다. 한바탕 피비린내 나는 전쟁 같은 그 순간에 몸서리치다 퍼뜩 정신을 차려보니, 꿈이었다.

어느 날 MBN 티브이 속풀이쇼 '동치미'에서 한 젊은 기혼자 패널이 한 말이다. 그녀는 꿈속에서도 새겨들어야 할 귀한 말을 했다. 오랫동안 가슴이 뭉클했다. "부부가 함께 살면서 헤어질 것이 아니라면, 싸울 때도 서로 상처를 주는 말은 절대로 하지 말아야 해요." 그게 그녀의 철학이라고 했다. 30대 초반으로밖에 보이지 않는, 나보다 훨씬 어린 심씨 성을 가진 그 여성 패널이 그토록 깊은 말을 하다니 놀라웠다. 나는 그 말을 듣고 나서 새삼 나를 돌아보며 화날 때일수록 스스로 찬물을 끼얹어야겠다고 다짐했다.

하지만 아무리 훌륭한 교훈으로 무장을 해도 화가 날 땐 백 가지 말이

소용없게 될 때가 있다. 잔불이 강한 회오리에 의해 온 산을 태워버리는 것처럼, 파도가 뜬금없이 해일을 일으켜 둑을 무너뜨리는 일처럼, 우리 부부도 가끔은 늦잠 자다 꾼 악몽처럼 아무것도 아닌 일로 서로에게 상처를 줘 그동안 차곡차곡 쌓아온 귀하디귀한 행복의 시간들을 날려버리는 경우가 있다. 특히 자존심을 상하게 하는 말을 들을 때 기분이 난장판이 되는 경우가 그렇다. 티끌 하나 날아왔을 뿐인데, 그 순간만큼은 상대의 말이 산에서 날아온 우락부락한 큰 바윗덩이 같은 충격으로 다가와 머리가 박살 나는 지경. 그러니 이성이 제대로 작동이 안 되는 것이다. 방금까지 웃고 지내다가 갑자기 '욱'하고 회오리를 일으켜 돌변하는 것을 보면, 마치 안에 감정 도깨비가 활동하는 때인가, 훼방을 부리는 시간인가, 싶기도 하다.

그런 날엔 전쟁은 짧을수록 좋다. 장기전을 오래 못 버티는 여린 마음이기에 나는 스스로 백기를 들고 투항하는 패잔병 같은 심정으로 그에게 기대했던 마음을 다 내려놓는다. 이기면 뭐하고 지면 뭐할 것인가, '포기는 평안을 낳는다'는 말이 왜 있겠는가. 갈등에서 오는 심적 고통을 빨리 털고 일어나는 것이 최선이다. 나는 가정 평화주의자다. 평화주의니 수습을 위해 동굴 같은 내면으로 들어가 잠시 숨 고르기를 한다. 멍하니 앉아 흥분한 마음을 진정시키며 그때 나의 언행 하나하나를 살핀다. 상대방이 한 말과 행동은 내 머릿속에서 아예 지우고 오로지 내 말에만 집중한다. 그러다 보면 평소 내 마음 같지 않은 엉뚱한 마음이 날린 불화살에 상대가 얼마나 가슴을 다쳤을까, 미안한 마음이 나를 눈물짓게 한다. 남편의 말과 행동은 아예 떠올릴 필요가 없다. 그도 나처럼 자신의 마음을 수습 중일 테니. 나는 내 감정만 수습하면 된다. 그러다 보면 전쟁 속 억센 내 모습은 온데간데없고 뒤끝이 없는 어린아이의 모습이 된다. 가슴에 한 방울 두 방울 미안한 감정이 고이고, 남편도 어느 정도 수습이 되었다 싶을 때 "여보, 미안해 내가 잘못했어!" 하고 다가가면 남편도 마음이 풀려 서로 포옹으로 화답을 한다. 내 동굴에서 나올 땐 측은지심이 통과의례다.

설령 남편 쪽이 먼저 촉발한 싸움일지라도 내가 수습하는 편이 훨씬 쉽고 빠르다. 그게 가정 평화주의자인 내가 해야 할 일이다. 그래도 두 사람이 노력하면 쉽게 원상복구 할 수 있어 다행이다. 수습하는 과정에서 들여다보면, 그 감정의 잔해 속에 큰 그릇이 작은 그릇을 껴안지 못한 채 좀생이처럼 겉돈 면면이 대화 곳곳에 널려있다.

수습이 어느 정도 되어 옥신각신 다툴 때의 억센 고집과 거친 목소리도 온데간데없어지면 뒤끝 없는 어린아이의 해맑은 마음을 느낀다. 어린아이가 되어 순수한 마음을 가지면 한 순간순간이 남편이 있어 행복하고, 남편이 있어 기쁜 일만 보인다. 귀한 내 짝이다. 우리의 본래 마음은 뒤끝 없는 어린아이가 아닌가. 그런 어린아이가 한 집에 함께 사는 것이다. 우리의 다툼은 늘 아무 일도 아닌 데서 시작되고, 아무런 일이 없는 것처럼 또 돌아서서 웃는다. 잠시 미워 밀어냈던 사람이 사랑하는 사람으로 곁에 있고, 내동댕이쳐졌던 사랑도, 정도, 제자리에 가지런하게 자릴 잡고 행복을 채운다.

미풍 같은 따스한 숨 바람이 서로의 가슴 사이를 오간다. 하늘도 기쁜지, 먹구름 같은 깜깜한 새장을 열어 뽀얀 새를 띄우고, 달빛을 동원해 한낮의 제일 밝은 해를 띄워 다른 날보다 두 배 세 배 더 밝은 날로 만들어준다. 남편을 바라보는 내 눈이 부시다. 남편이 나를 바라보는 눈도 부시다. 창가에 서로 마주 보고 앉아 우리 둘 맘 같지 않은 일들을 부끄러워하며 수줍은 미소가 따뜻한 숨 바람이 되어 두 가슴 사이로 함박눈처럼 내리고 또 내린다.

늦잠 속 악몽 이야기도 꿈결 속으로 잦아들고, 처음 말문을 열고 나오는 남편의 소리에 창가의 나뭇가지도 한들한들 화답하고 있다.

"여보, 우리 싸우면서 그럭저럭 살지 말고, 하루하루 소꿉놀이하듯 그렇게 재미지게 살자구."

"당연하지요. 어제 죽었던 사람이 그토록 살고 싶어 했던 오늘, 그 하루를 지금 우리가 살고 있다잖아요."

귀뚜라미도 잠 못 이루는지

기다린다. 추한 것도 아름다운 것이 될 수 있다고. 누군가가 던진 추한 말 한마디가 아름다운 꽃이 될 때까지 가슴에 담는다. 하지만 그만큼 많은 인내의 시간이 필요하다. 끈기를 갖고 지루한 시간을 견뎌야만 꽃 한 송이를 겨우 얻게 되더라. 견뎌야 할 말들이 내 가슴에 가득하다. 그대들 덕분으로 내 안은 향기 가득한 화원이 될 것이다.

평화롭게 노니는 수족관 물고기를 보고 그냥 지나가면 되는데 꼭 한마디라도 던지고 가는 것이 사람이다. 그것도 칭찬이면 듣는 물고기도 기분 좋을 텐데, 비웃는 듯한 말을 하는 사람이 있다. 그럴 때 물고기가 이러지 않을까? "생각하는 동물이 그 수준밖에 말을 못하냐?"

'팔불출' 언제 말인가, 까마득하다. 그런데 그 말을 며칠 전 남편과 함께 참석한 저녁 모임에서 들었다. 그렇게 말하는 주인공이 그 누군가의 남편으로 오랫동안 살아가고 있는 사람이라는 사실에 놀랐다. 나이 들어 말이 어눌해진 건가 싶어 자꾸 쳐다보았다.

서각가인 내 남편이 시인인 나의 동시를 서각해서 다음에 전시할 예정이라고 계획을 말하자, 듣고 있던 한 사람이 남편을 향해 "팔불출…" 비꼬듯 말했다. 서각을 하는 남편이 이왕이면 아내의 동심으로 쓴 동시를 서각에 접목시켜 서각예술로 승화시켜보겠다는데, 그걸 '팔불출'이라니, 오히려 그가 칠불출이 아닌가 싶었다. 활짝 열렸던 가슴이 접혔다. '침묵이 금이다'라는 말만 속으로 되뇌며 입을 다물고 온 마음으로 삐걱거리는 의자를 견뎠다. 식탁 위 물컵 속에서도 격랑이 일었다. 남다른 일을 할 때 어떤 말에도 의연해야 결실을 볼 수 있다는, 내가 일찍이 체득한 내용을 눈빛으로 남편에게 보냈다. 의자에 느긋하게 걸터앉아있던 저녁 해도 불편했던지 서쪽으로 서둘러 날아가고 있었다.

남편이 아내에게 남편 역할을 하고, 아내가 남편에게 아내 역할을 할 뿐인 우리는 그저 마음이 동해서 기쁘게 서로의 일을 하고 있다. 이것이 마음에서 우러나는 우리 부부의 자연스러운 생활 모습이다. 저 사람의 입에서 나오는 에헴! 소리가 기세 당당하게 하늘로 치솟는 걸 보니, 그는 아내의 헌신을 당연한 걸로 알고 있는 모양이다. 나는 식당을 나오며 옷을 거꾸로 힘껏 털었다. 저 고리타분한 소리에 창밖 바람도 윙윙 심한 소리를 냈다.

그동안 아내들의 삶이 고달팠던 게 얼굴 하나 붉히지 않고 가부장적 자세를 취하고 있는 남편들 때문이었으리라. 시대의 흐름을 몰라도 한참 모르는 사람. 내 나이 수십 평생을 살아도 그런 말은 받아들일 수 없다. 가부장적인 말은 마음에서부터 청소되어야 한다. 팔불출이라는 어설픈 말도 사전에서 사라져야 한다. 부끄러운 말이다. 창가에 떠 있는 가을 달도 고개를 끄덕끄덕 구름 속으로 얼굴을 가린다.

요즘 티브이를 보면 젊은 층 부부들이 가부장적 사고를 허무는 일을 용감히 해댄다. 남편이 아내를 위해 음식을 맛있게 요리해서 상을 차리고, 청소를 하고, 아이들을 돌봐주기도 하는 등 일로 사랑을 표현하는 사람을 '사랑꾼'이라고 한다. 참 달콤하고 예쁜 말이다. 이런 젊은 층 부부들을 보고 있노라면 왠지 위로가 된다. 처음부터 이런 길을 가는 내 남편이 동지를 만난 듯 외롭지 않아 보여서다. 가부장적 태도를 일찍 내려놓은 남편은 일찍 생각이 트인 사람이다. 저 사랑꾼 젊은 남편들과 어깨를 나란히 할 수 있다는 점에 나는 행복하다. 내가 아직 이 세상을 좋아하는 이유다.

행복에도 여러 종류가 있지만 남편이 나를 존중해줄 때 가장 행복하다. 남편이 "나는 팔불출? 사랑꾼!"하고 살아서 행복하다. 내가 행복해서 콧노래를 부르면 그 노래가 남편의 숨소리를 타고 속으로 들어간다. 남편 또한 노랫소리로 안을 채우고 그 노래 소리가 내 속으로 들어가 돌고 돈다.

팔불출이든 사랑꾼이든 아무나 하는 것이 아니다. 그 아무나 못 하는 일을 젊은 층 남편들이 하고 내 남편도 한다. 내 남편이 앞선 등불인가 싶기도 하다. 남편은 사랑꾼 자리를 지키며 흔들림 없이 여전히 내 동시를 한 자 한 자 나무에 새기는 일을 정성껏 한다. 그걸 여기저기 공모전에 출품해서 상까지 척척 받는 영광도 차지한다.

이른 아침부터 탁탁탁 남편이 나무에 글을 새기는 소리가 작은 북소리처럼 울려 퍼진다. 타악기 소리처럼 듣기 좋다. 그 곁에서 나는 컴퓨터 자판기에 시를 한 자 한 자 써 내려간다. 자판기 소리와 나무에 글을 새기는 소리가 한데 어우러져 그윽한 소리를 만들어낸다. 시의 향과 나무의 향이 우리 집에 가득하다.

'말은 화학 원소가 아니라서 쉽게 결합하지 않아 사과는 사과대로 욕은 욕대로 오래 남는다.'는 말을 오래 생각해본다. 귀뚜라미도 잠 못 이루는지 그래그래 귀뚤귀뚤 하고 있다.

나는 바보로 살기로 했다

나는 원래 믿는 종교가 없었다. 하지만 결혼 후부터 종교가 생겼다. 남편이라는 종교다. 남편은 다른 종교는 절대 용납을 안 한다며 오로지 자신을 믿으라 했다. 자신을 믿으면 평화롭고 평생 나의 행복이 보장된다고 했다. 그리고 오직 나 한 사람만 죽을 때까지 사랑하며 사는 일로 만족한다고 하니, 그 말에 감동 받아 나는 남편만 믿고 살기로 마음먹었다.

가끔 누가 나에게 종교가 있느냐, 종교가 뭐냐고 묻곤 한다. 그럴 때마다 나는 나의 종교는 남편이라고 농담인 듯 진담인 듯 말한다. 그러면 사람을 믿는 게 아니라 신을 믿어야 한다고 충고하며 자신이 믿는 종교를 권한다. 하지만 나는 남편에 대한 신념이 종교처럼 강하다고 말한다. 그러면 바보라고 한다. 바보라는 말을 들어도 한번 정한 마음을 바꿀 맘은 없다. 다른 사람이 그건 아니야, 라고 말해도 아직은 다른 종교를 생각해본 적이 없다.

친정아버지가 돌아가시기 전 직접 세례받으신 "천주교를 믿어라"라고 유언하셨는데도 나는 "아버지, 이 서방이 종교를 싫어해요, 죄송해요" 하면서 지금까지 남편만을 믿고 살고 있다. 말은 감정이고 감정은 곧 심장을 파고든다고, 아버지의 유언보다 "죽을 때까지 당신 한 사람만 사랑하며 살겠노라"는 말에 내 영혼을 다 빼앗겨버렸나 보다. 영혼을 휙 가게 만든 걸 보면 분명 남편의 최초 설교는 흡입력이 아버지의 유언보다 강했다.

남편의 설교는 시도 때도 없다. 제법 경청할 만한 내용도 많다. 평생 함께 살아갈 사람끼리 서로 마음 거슬리는 일 없도록 하자처럼 기분 좋은 말을 할 때는 남편도 듣는 나도 즐겁다. 끄덕끄덕 눈을 마주 보며 순진무구한 어린아이처럼 마음이 척척 맞는다. 아주 환상적인 그림 한 폭이다.

하지만 설교가 어두운 방향으로 흐를 땐 절대복종을 강요하며 귀는 열고 입은 닫으라 한다. 설교 도중 이건 아닌데 싶다가도 나만 믿고 따르면 복이 온다라는 말에 네네네 순종하고 귀를 쫑긋 세운다.

"때론 밤늦은 시간에 귀가를 해도 나는 오로지 당신밖에 없으니 나만 믿고 활짝 웃으며 맞아줘라. 그럼 당신에게 행복한 다음 날이 온다."

어떤 상황에서도 자신의 기분만 흩트리지 않으면 우리의 좋은 시간이 보장된다고, 늘 화를 내는 일만 없도록 할 것을 강조한다. 종교의 문턱을 넘어본 적이 없는 나는 그대로 믿고 따르려 노력 중이지만 아직 믿음이 부족한 탓인지 마음먹은 대로 안 될 때가 종종 있어 설교는 계속 반복된다.

'그의 행복이 나의 행복이고, 그의 마음의 평화로움이 나의 평화로움이다.' 내 뼛속까지 새겨진 말이다. 남편을 통해 평화를 얻고 행복을 얻으면 그만한 종교가 뭐 있겠는가. 만사형통이다.

남편이 설교만 하는 줄 알았더니 가끔은 생뚱맞게 코미디 같은 발언도 한다. 예를 들면 오랜만에 만난 내 조카가 "이모부 멋있다!" 하고 말하자 "그런 말 하지 마. 멋있다고 하면 이모가 나를 힘들게 해."

진실만 말한다는 그의 입에서 갑자기 내가 하지도 않은 말을 하니 그건 분명 코미디다. 똑같은 코미디 발언을 두 번이나 해도, 이제 해가 저물어 가는구나 싶어 그냥 배꼽 잡고 숨넘어가게 큰소리로 웃어준다. 가파른 산비탈 하나 가볍게 넘어가는 순간이다. 이렇게 나는 동글동글 우주를 닮아 간다.

바보로 살려고 하는데 남편은 나를 자꾸 영리하게 길들인다. 남편이 하는 말을 일방적으로 많이 듣고 살아오다 보니 나도 제법 말문이 트인 것이다. 대꾸가 잦아졌다. 부부 대화는 일방통행이 아니라 주거니 받거니 자유 토론이 제격 아닌가. 아내의 불만도 들어줄 줄 아는 넓은 아량을 가져라. 그리고 남아일언중천금 등등 그동안 느낀 점을 용감하게 말한다.

아내가 남편을 믿고 따르게 하려면 불만을 침묵으로 바꾸지 말아야 한다. 하늘에 계신다는 신도 복을 달라고 울부짖는 사람에게 자유발언권을 주는데, 하물며 아내가 남편을 믿게 하려면 아내의 불만에 부드러워야 하고 이견 조율도 잘해야 한다. 아내가 평생 믿고 따르려면 백번 그리해야 한다. 내가 바보가 된 이유는 때론 남편이 이런 걸 잘해주기 때문이다.

어느새 그렇게 걸어온 나이가 서녘 해에 이른다. 아버지의 유언도 물리치고 선택한 남편 종교와 함께 걸어온 세월이 그래도 핑크빛으로 물든 저녁 하늘 같다. 한낮의 날카로운 빛으로 눈을 찌르는 일을 서서히 접고 부드러워지는 시간이 황혼이다. 이제 저 중천에 에헴! 있던 해도 황혼을 맞아 두루뭉술하게 세상을 감싸 안고 가는 시간이다. 기운이 빠져 자꾸 입이 닫히려 한다. 아예 닫히기 전에 남편의 입과 끝까지 맞춰가야 할 것 같다. 싫은 말이든 좋은 말이든 서로의 입술에 대롱거리는 말을 서로의 입술로 씻어주고 감싸주어야 한다. 남편의 가는 입술을 바보스럽도록 조금 더 두터운 내 입술로 감싸고 나머지 길을 가려 한다. 진짜 내가 바보가 되는 길밖에 없다.

사랑으로 만났으니, 사랑으로 끝까지 살아갔으면 좋겠다.

반지의 비밀
························

수탉과 암탉 한 쌍이 사람 세상처럼 마당 한쪽에 세 들어 살고 있다. 둘이 있으면 딱 맞을 둥지 안에서 그동안 사랑을 키웠을까. 암탉이 알을 낳으려 하자, 수탉이 곁에서 초조한지 왔다 갔다 한다. 아무리 짐승이라 해도 이 감격의 순간까지 서로 노심초사하며 얼마나 많은 마음을 기울였을까. 건강한 알의 탄생을 바라며 닭 부부와 세상에 나올 알을 맘껏 축하해주고 싶다.

저 닭 부부처럼 우리도 한때 둘이 누우면 딱 맞을 단칸방에 신혼의 둥지를 틀었다. 그 해, 삼재라는 이유로 결혼식을 일 년 뒤로 미루고 서로 금반지를 주고받는 약혼식만 올리고 서둘러 살림을 차렸다.

새록새록 싹트는 사랑 앞에서 물질의 불편함이 끼어들 틈조차 없었을까. 그렇게 신혼의 단꿈에 젖어 지내던 어느 날, 갑자기 감기 몸살기가 느껴졌다. 그리고 가끔 매스꺼운 증상에 혹시 연탄가스를 마신 게 아닌가 생각하고 있다가, 주변 권유로 산부인과에 가서 검사를 받았다. 임신이었다. 뜻밖의 소식에 너무도 기쁘고 설레 회사에 있는 남편에게 알렸다. 그이 역시 좋아 어찌할 바를 모르는 듯하였다. 그 후 우리는 태어날 아이에 대한 부푼 꿈을 안고 하루하루 행복한 나날을 보내며 태교에 힘썼다.

기쁨도 잠시, 그러던 어느 날 하혈기가 느껴졌다. 겁을 잔뜩 먹고 병원에 가서 진찰을 받으니 자궁 외 임신이라며 담당 의사는 유산을 권했다. 그

날의 실망스러움이란. 옆에 있는 남편의 표정이 어두워졌다. 자식을 낳아야 남편에게 떳떳할 것만 같은 생각이 갑자기 들었다. 나 혼자만의 잘못도 아닐 텐데, 남편에게 자꾸 미안한 생각이 들었다.

그 후 의사의 권유대로 수술을 하고, 관리 소홀이었던지 염증으로 병원을 드나드는 일이 잦아졌다. 염증은 계속 재발하고, 그런 상황에서 다시 임신이 되고 유산이 되고…. 결국에는 한방과 양방 치료를 겸하며 월급으로 한 달 생활하기가 빠듯해졌다. 남편에게 병원에 간다고 돈 얘기를 꺼내기조차 눈치가 보였다.

금전에 대한 고민이 날로 깊어만 가던 차에, 문득 약혼식 날 받은 손에 끼고 있던 석 돈짜리 금반지가 눈에 들어왔다. 곧바로 집 근처에 있는 금은방으로 찾아갔다. 단 얼마만이라도 금전에 대한 고민을 덜고 치료에 전념하고 싶었다. 뭐니 뭐니 해도 아이를 갖고 싶은 마음이 간절했다. 그래서 석 돈짜리 반지에서 반 돈을 현금으로 바꾸고 나머지는 원래 모양 그대로 반지 모양을 만들었다. 그렇게 해서 치료비로 보탰다. 반지 반 돈에서 또 반 돈 또 반 돈, 결국 석 돈에서 한 돈만을 남겨 두었다. 그 나머지 석 돈 같은 한 돈마저 지하 단칸방으로 이사해서 사는 동안 도둑을 맞았다.

아이를 영영 갖지 못할까 불안한 날들이었지만 노력 끝에 또 임신을 했다. 그리고 의사의 처방대로 하루하루를 꼬박꼬박 누워서 보냈다. 순간순간 하혈이 있어 가슴이 철렁, 병원을 찾는 날도 많았지만, 남편은 그때마다 최선을 다해서 나를 도왔다. 퇴근해서 집에 오면 밥하는 일, 빨래 등등을 가리지 않고 얼굴 한 번 찌푸리는 일 없이 열심히 도왔다. 그런 우리 부부를 하늘이 도왔는지 건강한 첫 아이를 낳을 수 있었다. 그동안의 마음고생이 한순간에 사라졌다. 병원에서 퇴원해 아이를 안고 집으로 돌아오는 날은 남편도 나도 세상을 다 얻은 듯 기뻤다.

남편은 날마다 퇴근해서든, 쉬는 날이든 가리지 않고, 손수 분유를 타서 아이에게 먹이고, 목욕을 시키고, 잠을 자다가도 아이 우는 소리가 나면 벌떡 일어나 안아서 재우고, 잠든 아이를 보고 또 보고, 흐뭇한 미소를 짓고, 그 모습을 지켜보는 나도 마냥 행복하기만 했다. 부부라는 두 마음을 한 마음으로 지니고 태어난 첫 아이. 그 안에 약혼식 때 받은 사랑의 징표, 약혼반지의 비밀이 있다

어려운 날에 희망을 안겨준 소중한 반지의 희생이 우리 부부가 엄마 아빠 소리를 들을 수 있게 하는 데 일조했을 것이다. 하지만 반지에 대한 미안한 마음과 남편에게 말하지 못한 마음이 늘 가슴 한편을 짓누르고 있었다. 이 사실을 알면 남편도 이젠 마음고생 많았다고 괜찮다고 내 등을 토닥토닥해주지 않을까 싶다. 어렵게 태어난 그 아이도 지금 부모를 향해 물심양면으로 빛을 발휘하고 있다.

그런 노고 끝에 아이를 얻은 기쁨이 있었으니, 태어날 알과 오늘 저 닭 부부의 알을 얻는 기쁨을 누구보다도 더 축하해주고 싶은 것이다.

용기를 읽다

....

가뭄이다. 무슨 좋은 생각 없나, 허공만 톡, 톡, 톡 튕기다가 오래된 책장 한 페이지를 넘기는데 내 가슴 한 페이지가 따라 펼쳐진다. 첫 페이지 큰 제목은 '용기를 쓰다', 목차는. 1. 영화관에서, 2. 남산타워, 3. 1호선, 4. 문학회 행사장에서… 나는 여기까지 읽다 잠시 멈춰 차례차례 읽기로 한다.

1. 영화관을 읽는다

결혼 전 어느 날, 때는 서로 수줍음이 많던 때, 남편과 나는 수원에서 만나 잠깐 데이트를 하다가 영화를 보러 갔다. 영화관으로 들어서자 좌석은 꽉 찼다. 서서 영화를 보려는 사람들로 발 디딜 틈도 없었다. 남편은 내 손을 꼭 잡고 사람들 속을 헤쳐 빈자리를 찾아다녔다. 그러다 자리가 없으니 앉아있는 어느 고등학생 정도로 보이는 남학생에게 다가가 자리를 양보 좀 해달라는 거였다. 남편이 무어라 했는지 다소곳이 듣던 그 청년이 아무 소리 없이 자리에서 일어나 주었다. 그때 그 학생은 나 때문에 두 시간이나 되는 영화를 거의 서서 보았을 것이다. 고마운 학생, 분명 착한 사람이었을 것이다. 그러면서 그때 나는 처음으로 남편이 듬직한 사람으로 보였다. 평생 나를 고생시키지 않을 남자라고 생각했다. 나를 위해서 무슨 일이든 할 사람이라는 확신에 결혼할 마음을 굳혔다. 어떻게 해서든 나에게 잘 보이려고 노력했던 그 남자, 나의 남편이 되었다.

2. 남산을 읽는다

신혼이었다. 남산을 갔다. 생각해보면 그때는 봄인데도 우리 둘 사이에는 여름 같은 뜨거운 열기가 달아올랐다. 그가 남산타워 앞 계단에서 나를 덥석 업었다. 주변엔 사람들도 많았다. 부끄러워서 남편 등에 얼굴을 묻었다 뗐다 하는데, 그 높은 계단을 거뜬히 나를 업고 올랐다. 오를 때 어느 외국인 청년이 엄지척! 하며 "최고!" 하고 외쳤다. 그런 용기가 어디서 나왔는지 사람들이 우리를 향해 박수를 쳐주었다.

3. 전철 1호선이다

50대 초반이었을까. 경기도 북부 동두천으로 이사해서 살던 때다. 남편은 서울 강서구로, 나는 종로 3가로 각자 직장을 다니던 때였다. 남편의 회사가 강서구인지라 집에 올 때 그쪽에서 1호선 전철을 타고 종로까지 오면 나는 종로에서 기다렸다 합류했다. 다시 함께 1시간 반이 넘는 거리를 전철을 타고 가야 집이었다. 그때마다 남편이 먼저 자리를 잡아놓고, 나한테 몇 번째 칸에 탔으니 그 칸 번호에서 기다리라는 신호를 주었다. 전철이 멈추면 나는 얼른 탔고, 자리가 없을 때는 남편이 일어서고 내가 앉아서 가곤 했다.

그러던 어느 날 잠깐 남편이 종로에서 데이트 좀 즐기고 가자고 해 시간을 보내다가 늦은 시간 1호선 전철을 기다리고 있었다. 아마 마지막 열차가 아니었을까 싶은 시간. 옆에 줄을 서서 기다리는 몇몇 사람들도 있었는데, 막 전철이 도착할 즈음 갑자기 "여보! 사랑해!" 남편이 크게 외치는 것이다. 순식간에 일어난 일이라 너무 황당하고 쑥스러웠다. 주변에 사람들도 꽤 있었는데, 그러나 나는 속으로 은근히 좋았다.

4. 한 1년 전 문학회 연말 행사장이었다

행사가 거의 끝나고 초청 연주자의 트럼펫 연주음악이 흘러나왔다. 모두 조용한 분위기에서 감상을 하고 있는 분위기인데 남편이 내 등을 밀면서 나가서 춤을 추라는 거다. 싫다고 해도 자꾸 나가라고 등을 떠밀었다. 나는 춤도 잘 못 추고 그렇다고 사교적인 성격도 아닌데 남편이 하라니 못 이겨 나가서 혼자 어색하게 춤을 추었다. 나중엔 몇몇 사람들을 불러 음악에 맞추어 함께 덩실덩실 춤을 추었다. 누가 욕을 하든 말든 남편이 밀어붙이면 나는 자동이다. 그러면서 남편은 내 모습을 사진 찍는다. 나는 남편의 용기 있는 행동에 스스로 익숙해져 있었는지 모른다. 지금도 누가 눈살을 찌푸린다 해도 남편의 행동에 자동으로 따르는 습관이 몸에 배어있다.

부부로 살아가면서 남편이 용기를 발휘했던 날들을 꺼내 읽으며 그야말로 빙그레 웃음 짓는다. 그런 용기를 발휘할 수 있는 날들은 그래도 봐줄 만한 나이였기에 가능했을 것이다. 그리고 그런 모습에 박수쳐줄 만큼 사람들의 마음에 여유도 있었던 것 같다. 내가 무대의 주인공이 된 듯한 날들을 읽으며, 늘 나를 주인공으로 살게 해준 남편이 생각할수록 고맙다. 이제 함께 듬성듬성 흰머리도 나 있는 나이가 되니, 그런 용기도 한 잎, 두 잎 떨어져 나가고 있으리라. 그래도 이런 삶의 책장 하나를 넘기며 어설픈 독후감을 쓸 수 있고, 그 쓰는 심정이 나쁘지 않고, 새삼 남편이 올려다보여 좋다.

사랑이 아닌 순간이란 없다

남편과 함께 살아가는 순간순간이 사랑이었다. 그래서 견디지 못할 건 아무 것도 없었다. 하지만 서로 엇갈려 힘들었던 적이 없었던 건 아니다. 헤어짐을 떠올리기도 했지만 그건 순간적인 충동일 뿐, 그때마다 허공에 '이혼'이란 두 글자를 띄워놓고 허공의 성숙된 성찰의 대답을 기다렸다. 돌아오는 대답은 언제나 '저 남자 같은 사람과 헤어지면 그건 바보짓이다. 어디에도 나의 혼과 둥글둥글 조화를 이룰 혼은 이 세상에 없다. 꼭 붙들어라.' 하여 그때마다 이혼을 행동으로 옮기지 않아서 함께 해왔던 꿈을 계속 이어갈 수 있었다. 그리고 그 꿈에 바칠 열정도 꺼지지 않는 불길처럼 지켜낼 수 있었다.

사랑의 감정을 정교하게 마구 뽑아낼 수 있는 '사랑기계'를 아직 발명하지 못했다는 건 우리에겐 희망과 같은 거다. 아직 소진해야 할 설렘을 절반도 사용하지 않았기 때문이다. 내겐 아직 남편에 대한 설렘의 감정이 마르지 않았다. 언젠가 그 설렘이 바닥을 드러낸다면, 그때 사랑기계가 나와 그 기계의 힘을 빌려서라도 남편과 나의 사랑을 계속 이어놓게 하고 싶다.

서랍 청소를 하다가 망원경을 발견했다. 이것으로 무얼 비춰볼까. 망원경을 들고 한참 동안 망원경을 바라보고 있었다. 그러다가 빛바랜 벽에 걸려 있는 남편과 함께 찍은 옛 사진들에 초점을 맞췄다.

남편을 바라보고 있는 사진 속 나는 남편을 향해 두 손을 머리 위로 하트 모양을 그리며 "사랑해!" 하고 있다. 맑은 눈빛으로 남편을 바라보고 방긋 웃고 있다. 벽이 누렇도록 한자리를 지키고 있는 나와 남편의 모습이다. 어린아이를 바라보듯 바라보는 티 없는 사진 속 모습이다. 저 모습이 지금 사진 밖에서 남편을 바라보는 내 시선 그대로가 아닌가. 조금도 변함없이 그대로 겹쳐진다.

남편은 가끔 사진 밖 나한테서 호랑이의 "으르렁" 거친 목소리가 들린다고 한다. 어느 때는 순한 양의 "음메에" 애교 소리도 들리고, 때론 "자장자장" 아이를 잠재우는 보름달의 잔잔한 노랫소리도 들린다고 한다. 남편이 내 감정을 그렇게 변화무쌍하게 느낀다니 싫지 않은 일이다. 악기도 한 가지 소리만 내면 지루하다. 관심에서 멀어질 수 있다. 그런데 남편이 나에게서 여러 소리를 들을 수 있다 하니 내가 늘 신선하게 느껴지지 않을까? 사진 속 정지된 모습처럼 순한 하트만 그려대면 얼마나 지루하겠는가.

호랑이의 으르렁거리는 거친 소리, 얼마나 역동적인가. 그리고 양의 음메에 소리는 거친 감정을 가라앉히는 소리. 그러다가 아기 잠재우는 잔잔한 소리는 평온 그 자체일 것이다. 어느 한 가지가 빠지면 이미 내가 아닌 것이 되었다. 그런 복잡하면서도 단순한 것들이 우리의 하트 모양 사진을 오랫동안 벽에 붙어있게 하는 비결일 듯하다. 사실 그동안 사진을 내렸다가 다시 걸어놓기를 반복했다. 내릴 때 마음 다르고, 다시 걸어놓을 때 마음 달라 문득 어지러워지지만, 찰나 다시 새로운 마음이 되어 오늘을 살고 있다. 이런 나의 변화무쌍한 감정을 타고 즐기는 남편은 심심할 틈이 없을지 모른다. 또 벽에 대한 예의를 다 하고 있다는 생각도 하게 한다. 사랑은 어쨌든 한 통속에 살아야 한다. 그래야 아름다운 소리를 낸다. 그 통속은 빨, 주, 노, 초, 파, 남, 보, 무지개 색깔이어야 알록달록 지루함이 없을 것이다.

나는 남편을 부적처럼 가슴에 붙이고 산다. 부적을 달고 내가 남편을 지켜내려 애쓴다. 남편도 아마 나를 향한 사랑의 부적을 가슴에 붙이고 다닐 것이다. 이렇게 우리는 서로를 지키려 은연중 노력하고 있다.

새해에는 좀 더 새로운 이야기로 사랑 이야기를 써나가려 한다. 아리스토텔레스가 사람을 '이성적 동물'이라는 큰 틀을 완성했다면, 나는 감히 우리 부부를 통해 부부 사랑의 틀을 한번 완성해보고 싶다는 소망을 가져본다.

불이 꺼지지 않는 방

    모두 잠든 시간에 불이 꺼지지 않는 방은 고민이 깊다. 남편의 어린나무 가지치기는 내일도 계속되겠지. 초등학교 4학년 외손자가 코로나 시국이라 학교에 가지 않는 날이 많아졌다. 그래서 아무도 없는 서울 제집에 혼자 두기 딱해 천안 우리 집에 자주 데리고 온다. 그때마다 외가라는 기숙학원에 입교한 것이 아닌가 싶을 정도로 외할아버지가 만들어 놓은 규칙들이 빼곡하다.

    첫째, 늦잠은 절대 안 된다. 등교하는 날처럼 일찍 일어나야 한다. 둘째는 일어나는 즉시 씻고, 옷차림을 단정히 하고, 책상에 앉아 책을 읽든 공부를 해야 한다. 언제나 책이 손에 들려있어야 한다. 셋째는 티브이는 볼 생각을 아예 말아야 한다. 넷째, 게임 금지. 다섯째, 유튜브는 지식 확장을 위해서 궁금한 것만 봐라. 여섯째, 놀 때는 밖에 나가서 실컷 놀아라. 그 규칙을 하나라도 어길 시에는 정신이 번쩍 들도록 야단맞을 각오를 해야 한다. 벌칙은 똑같은 말을 계속 반복해서 회초리보다 더 아프게 들어야 한다. 이런 규칙을 초등학교 3학년 사내아이가 지켜낼 수 있을까? 식물성이 아닌 야생 동물성의 손자에게 이런 규칙이 통할 리가 없다. 할아버지의 눈을 피해 그 규칙의 높은 벽을 빠져나갈 틈을 호시탐탐 노린다.

    나는 늘 남편에게 손자의 야생성에 대해서 이해시키고, 그 규칙이 너무

과하니 융통성을 발휘해보라고 한다. 하지만 아이의 정신을 흐릿하게 한다고 그때마다 되레 내 정신이 번쩍 나도록 호통을 친다.

외가의 기숙학원 원장은 외할아버지다. 내 의견은 통하지 않는다. 아이가 또 게임을 하다가 들켰나 보다. 나는 한쪽 방으로 가서 조용히 머물렀다가, 야단맞고 들어온 손자가 혹여 혼나는 과정에서 마음에 상처라도 받았을까 어루만져 주고 다독거려 준다. 혹시라도 가졌을 부정적인 마음을 없애주는 마음 치유 역할을 내가 담당한다. 그리고 할아버지를 미워하지 않도록 이해시키는 일도 한다.

"할아버지는 너를 미워해서 야단치시는 것이 아니란다. 너를 무척 사랑하신단다. 그리고 저 밖에 있는 소나무를 보렴. 모든 사람이 칭송하고 우러러보는 저 푸른 소나무. 네가 볼 때도 멋지지 않니? 저 소나무도 정원사 아저씨가 하늘 높이 꿈을 키워가라고, 자라는 데 걸림돌이 되는 가지를 끊임없이 쳐 주어서 하늘 높이 꿈을 키워갈 수 있고, 저토록 멋진 모습이 될 수 있단다. 그 가지를 쳐낼 때 소나무도 아팠겠지. 아무리 나무라지만 원망은 안 했겠니? 하지만 그 순간을 참고 견디며 노력했겠지. 그뿐만이 아니라, 소나무 자기 자신도 스스로 반성을 통해 걸림돌이 되는 가지를 자꾸 녹여댔겠지. 다른 나무들보다 멋지게 하늘 높이 꿈을 키워가고, 멋진 모습인 것은 다 그런 과정을 겪었기 때문이란다. 할아버지가 정원사 아저씨 같은 역할을 하는거고, 너는 아직 어린 소나무인 거야. 그리고 너도 스스로 자신을 되돌아보면서 잘못한 것을 반성하며 너 자신을 멋지게 가꾸어보렴."

이런 내용의 말을 손자가 알아듣도록 해준다. 그러면 다소곳이 듣고 있던 손자가 알았다는 듯 고개를 *끄덕끄덕*한다. 그리고 돌아서서는 핸드폰을 열었다 닫았다. 언제 야단을 맞았냐는 듯 웃으며 장난기가 발동한다.

나의 역할은 늘 그렇다. 손자가 웃고, 남편이 웃고, 나도 웃는 화기애애한 분위기를 위해 힘쓰는 일이다. 그래서 오늘 밤도 더 좋은 방법은 없을까, 해법을 찾기 위해 뜬눈으로 밤을 밝히고 있다. 손자가 먼 훗날 할아버지와 할머니가 그렇게 온갖 정성을 기울여 자신을 멋지게 키우려 애쓰셨구나, 진정 알아주는 날이 오리라 믿으며.

평소에 나는 손자의 숨통을 틔워주기 위해서 가끔 밖으로 함께 나가준다. 놀이터에서 함께 시소도 타고, 호수가 있는 곳까지 산책하며 말을 주고받는다. 대부분 손자의 얘기를 들어준다. "그래, 그렇구나, 참 좋은 생각이야." 맞장구를 쳐주면 손자는 신이 나서 목청 높여 조잘거린다. 재미있고, 기특하다. 남편이나 내가 평소 바라보던 그런 철부지가 아니다. 놀이터에서 놀고, 호수까지 가는 길에 나누는 말 중에는 동시에 대한 것도 있는데, 때론 내가 깜짝 놀라며 영감을 받는다. 어떨 때는 손자가 뭘 보고 동시가 떠올랐다고 한번 들어보라며 읊어댄다. 거기서도 깜짝깜짝 놀라게하는 표현이 있다. 감탄이 절로 나온다. 둘이서 동시에 대해서 이야기를하다 보면 어느새 시심을 나누고 시적 영감을 주고받는 문학 동지가 된다. 내가 떠오른 동시를 들려주고 손자에게 평을 듣기도 한다.

친구 같은 할머니로, 친구 같은 선생으로, 같이 노는 친구로, 엄마 같은할머니로, 그리고 시심을 나누며 시적 영감을 주고받는 문학 동지 같은 사이로, 이렇게 나는 늘 손자와 마음의 높이를 같이하려 한다. 그러니 시후는 오늘도 나를 목청껏 정겹게 불러댄다.

"할머니! 좋은 생각이 났어요. 들어보세요. 할머니 이 그림 제가 그렸어요. 어때요? 할머니 나 게임 조금만 하면 안 돼요?"

2학년 때 일이다. 할머니가 시인이라고 담임 선생님께 얘기했나 보다. 그래서 학교에 와서 반 아이들에게 동시에 대해서 이야기를 들려줬으면 하는 부탁을 받았다. 그 다음 날 강의하러 가는데 손자가 나에게 부탁을 한다. "할머니, 잘 해야 해요." 몇 번을 강조한다. "알았어. 걱정 마." 손자 덕분으로 강남 ○○초등학교에서 '양윤덕 작가와의 만남' 시간을 어린이들과 함께했다. 수업 중간중간 잘한다고 손자가 엄지척! 해주었다. 그래서 더 신나게 수업을 열심히 했는지 아이들이 너무 좋아하고, 첫 교시에 시작해서 12시에 끝났다. 그래도 어린이들이 아쉬워해서 "앙콜!" 수업까지 연장해 그다음엔 2학년 전 학생 동시 수업까지 하게 되었다.

나는 손자에게 또 말보다 스스로 실천할 수 있는 힘과 방법을 가르친다. 이를테면, 며칠 동안 딸네 집에 머무른 적이 있는데 그때 손자에게 쌀을 꺼내서 쌀 씻는 방법을 가르쳤다. 그리고 전기밥솥에 쌀을 넣고, 취사 버튼을 눌러서 밥을 짓는 방법을 가르쳤다. 스스로 밥을 지어보도록 한 것이다. 그리고 반찬을 냉장고에서 꺼내 그릇에 내놓는 방법, 또 청소기를 돌려 청소하는 방법. 동생이 어질러놓은 거실과 방을 정리 정돈 하는 방법이며, 세탁기에 빨랫감을 넣고 세제를 넣는 양과 버튼 누르는 것을 가르쳤다. 분리수거 하는 방법도 하나하나 함께하며 가르치고, 그 외 음식물 쓰레기며, 쓰레기 버리기, 빨래 개어놓기, 이불 반듯하게 개어 차곡차곡 제

자리에 갖다 놓기 등등, 이런 것들을 하나하나 시범을 보이고 해보도록 하며 방법을 가르쳤다. 그리고 집으로 돌아왔더니, 딸이 제 아들 시후가 놀라운 일을 해놓았다고 전화로 신기해 야단이었다.

나도 기특하고 마음이 좀 놓였다. 이젠 외가에 오는 횟수를 줄여도 될까. 할아버지의 엄격한 규칙을 힘들어하는 아이에게 제집만큼 좋은 곳이 어디 있겠는가. 그렇지만 아직은 나한테 오는 것이 내 마음이 더 편해 우리 집에 데리고 온다. 그러면서 언젠가 시후의 엄마인 내 딸이 한 말을 떠올린다.

"어렸을 때 아빠가 너무 엄격해서 꾸중을 많이 들을 때마다 원망도 많이 했어요. 하지만 다 자라서 사회생활을 해보니, 아빠가 그렇게 엄격하게 해 주셔서 사회생활을 칭찬받으며 잘할 수 있었어요. 감사해요."

훗날 외손자도 제 엄마 같은 말을 할 날이 오리라 생각한다. 그날이 빨리 왔으면 좋겠다.

할아버지의 엄격함과 할머니의 정서로 먼 훗날 멋진 사나이가 될 우리의 외손자. 명랑하고 지적으로도 뛰어난 훌륭한 남자가 되어라. 진정으로 바란다. 거실에서 세상모르고 잠든 시후 얼굴을 쓰다듬으며 차낸 이불을 덮어준다. 그러면서 무엇보다 함께 시후를 보살피며 가지치기를 잘해주는 고집쟁이 내 남편이 새삼스레 고마워진다. 잠든 그이 모습도 이 자리에 불러오며, 새벽 5시 30분에 전등 스위치를 끈다.

사랑받기 위해 태어났어요

그대로 병아리들이 어미 닭의 품에서 새근새근 잠이 들었다. 어미는 병아리를 가슴에 품어 추위를 막아주고, 멍멍이가 얼씬거리니 눈을 초롱초롱 경계 태세를 늦추지 않는다. 그런 어미를 믿고 새끼들은 맘 놓고 잠이 들고, 무럭무럭 자란다. 새끼들에게 어미는 얼마나 든든하고 마음 편한 보호막이겠는가.

저 짐승의 어미에게도 새끼를 사랑으로 키우는 감성이 깃들어 있는데, 일부 인간의 못된 어미들은 제 자식을 사랑으로 돌봐야 할 마음보 자체가 없는 듯하다. 아이를 어떻게 해서 키워야 하는지, 가장 기본적인 방법조차 모르는 듯하다. 그런 이들에겐 동물원에 가서 동물한테 모성이 어떤 것인지 배워왔으면 하는 생각이 간절하다. 동물들을 통해 보고 느끼고 깨닫다 보면 혹여 양심의 가책이라도 느껴 달라질 수 있지 않을까. 아주 간절히 희망을 걸어보고 싶다.

요즘 뉴스를 보다 보면 유난히 아동 폭력에 대한 것이 많다. 기가 찬다. 아니 저럴 수가. 화가 치밀어 오르다 못해 눈물이 난다. 아니 눈물을 흘리지 않고는 맨정신으로 도저히 볼 수가 없다. 어미에 의지해 맘껏 사랑받고 보호받아야 할 아이들인데, 그런 아이들을 밉다는 이유로, 자신의 말을 안 듣는다는 이유로, 밥을 안 먹는다는 이유로, 잠을 안 잔다는 이유로, 갖가지 이유를 들어 학대를 한다. 자기가 스트레스 받는다고, 자신을 힘들게 한다고 폭력을 휘두르다니, 그러다 결국 생명까지… 아 저건 악마다. 비록 제 자식이 아니라도 엄마의 역할을 맡았으면 엄마 같아야 한다. 그래야 맞벌이 부부들이 일터로 나간다. 아이는 어른이 조금만 사랑해주면 얼른 따라온다. 달래고 어르고 맞춰주며 키우다 보면 아이도 그 모습을 배워서 맞추어 사는 법을 안다. 어른의 행동이 그대로 교육이 되는 것이다.

'~진자리 마른자리 갈아 뉘시며 손발이 다 닳도록 고생하시네…' 또는 '~스승의 은혜는 하늘 같아서…' 아이를 맡아 돌보는 곳에 가보면 이제 겨우 말을 배워가는 조그만 아이들이 선생님! 하고 부른다. 아이들은 그냥 병아리같이 귀엽고 예쁘다. 얼마나 사랑스러운가. 가끔 가슴 뭉클하게 한참 바라보고 있노라면 꼬옥 안아주고 싶어진다. '어머니 은혜'와 '스승의 은혜', 이 노래를 한 번씩 새롭게 체화하길 바라는 마음 간절하다.

아동학대로 희생당하는 저 어린이들 문제를 어떻게 해결할 수 있을까? 모든 사람이 고민에 빠져있다. 나도 마찬가지다. 그래서 생각해낸 것이 인공지능이다. 여기에 마지막 희망을 걸어보려 한다. 시를 쓰는 사람으로서 특히 아동문학을 하는 나로서는 참담하기 이를 데 없는 마음이 되었으니, 삭막하지만 기계에라도 도움을 구하고 싶어진다.

첫째, 인공지능에 어린이 즉 영아부터 다양한 연령층의 어린이들을 위한 프로그램을 넣어 보는 거다. 아이의 부모 또는 아이를 돌보는 기관에 아이를 어떤 마음으로 오늘 하루 돌보아야 하는지, 잠깐 그 내용에 따라 마음 자세를 새롭게 하고 아이를 대하게 하는 것이다. 가끔 사찰에 가면 스피커에서 잔잔히 들려오는 경전 말씀처럼, 나 자신을 돌아보며 반성하고 새로운 다짐을 새길 수 있도록, 반복해 들려주는 것이다.

둘째는 아이 돌봄 인공지능이다. 인공지능에게 다양한 연령대 어린이들에게 부모가 해주어야 할 일을 맡기는 일이다. 아이가 잠자다 깨서 우유 달라고 울 때 우유 먹이는 일, 기저귀 갈아주는 일, 이유식 먹이는 일, 책 읽어주고 놀아주기, 춤추고 놀아주기, 노래 들려주기, 졸려서 칭얼대면 재우기 등등 그 연령대에 해주어야 할 어머니 노릇을 인공지능에게 맡기면, 그때그때 돌보는 어른이 함께하는 것이다. 그래도 스트레스를 받는다는 이유로 아동을 학대할까. 그러면 자격을 박탈해야 한다.

셋째는, 인공지능은 아니지만, 2주 교대를 추천해보고 싶다. 가정에서도 부모와 조부모가 협조해서 아이돌보미를 번갈아 해보면 어떨까 한다. 이 점은 내가 실천해본 일이다.

예를 들어서 우리 애도 맞벌이다. 그리고 퇴근 시간이 일정치 않다. 어느 때는 야근도 하고 출장도 가고, 그래서 영아 때부터 세 살 된 지금까지 내가 가끔 아이를 돌본다. 나는 남편에게 애가 바쁘니 우리가 돕자고 제안해 남편이 수락했다. 그리고 애한테 말했다. 언제든지 우리가 필요하면 불러 다오, 시간 상관없이 달려가마. 내 남편이 출근할 때는 내가 달려가곤 했다. 천안에서 서울까지. 아직 어린이집 가기 전 영아일 때다. 큰 틀만 얘기하자면, 애가 일이 빨리 끝나거나 보고 싶어 할 땐 아이를 데려가 돌보고, 또 힘들면 우리가 데리고 와서 돌보고, 그러다 보니 양쪽 다 스트레스를 받지 않고 즐겁게 아이를 돌볼 수 있었다. 정서적으로도 충분히 알차서 그렇게 쭉 해왔다.

지금은 남편이 퇴직을 해서 아이와 함께 놀아준다. 아이가 코로나로 어린이집을 못 갈 때도 우리가 돌본다. 음악을 틀어놓고 춤도 함께 추고, 그림 그리기도 하고, 소꿉놀이도 하고, 산책도 하고, 악기로 연주 흉내도 내보고, 때론 자립정신을 길러주기 위해 스스로 노는 시간도 주고…. 남편이 아이를 데리고 밖으로 산책을 나가주면 그 시간에 나는 조금 쉰다. 또 내가 아이를 돌보고, 남편에게 휴식 시간을 주면 남편이 간혹 설거지도 한다. 전시회에도 자주 가서 그림과 쉽게 친숙할 시간도 만들어주고, 여행도 하며 낯선 곳 구경도 시켜준다.

그렇게 순간순간 아이가 심심하지 않도록 하다 보니 스트레스 없이 늘 밝은 분위기에서 아이와 함께할 수 있어 좋았다. 이런 놀기 중심으로 하면서 보내면 하루가 금방 간다. 아이 돌보기는 재미있게 해야 한다. 아이를 잘 키워보겠다는 책임과 사명감을 가지고 해야 한다. 그러다 보면 집안도 활기차고 하루하루 변화하는 모습에 보람이 커진다.

"응애, 응애" 시도 때도 없이 울어대던 아이가 이젠 세 살이 되어 동요를 들으며 눈을 감고 감정을 잡고 노래를 따라 부른다. 때로 우쿨렐레 선을 튕기노라면 집안이 웃음바다가 된다. 그 모습이 하도 귀여워 동영상에도 남겼다. 그리고 이제는 늦잠 자는 나에게 다가와 "할머니"하고 조용히 부르며 깨운다. 내가 "아이고, 이쁜 내 새끼!"하고 안아주던 그 마음 같은 포근한 목소리다.

기관이든 부모든 아이에게 손길이 필요한 시기는 2~4년 정도이다. 인생 100세 시대에 아이 돌보는 시간은 잠깐이다. 나는 늘 내 시간 조금 덜어 아이들을 위해 보람된 생을 산다고 생각한다. 내 인생 최고의 보람을 아이 돌보는 일이라 생각하고 살아보는 것이다. 아이도 할머니, 할아버지를 잘 따르고 좋아한다. 할아버지가 아침 출근할 땐 떼쓰며 울며불며 따라가려고도 한다. 아이를 사랑하는 마음으로 보살펴주는 일은 오늘도 계속된다. 아이가 잘 자라 바르게 살아가길 바라는 그 마음 하나뿐이다. 피로감도 사라진다.

내가 잠깐 쉬고 있는 사이 전남 담양에서 명가혜를 운영하는 친구인 국근섭 씨가 우리 부부가 방문했을 때 직접 만들어서 준 '황금죽신차' 한 잔을 남편이 따끈하게 타서 들어온다. 행복하고 구수한 차 맛이다.

내 동시집 『대왕 별 김밥』에 이런 동시가 있다. 제목은 「비켜 가네」다.

길 한가운데
말가니 괸 물
해맑은 아이의
얼굴 같아
비켜
가네

산책하다 작은 물웅덩이를 보았다. 자칫 그곳을 밟고 지나칠 뻔하다 물끄러미 서서 바라보았다. 아기 얼굴 같아서다.

그리고, 첫 동시집 『우리 아빠는 대장』 시인의 말에서 행복한 마음이 가득할 때마다 최고의 행복한 상태에서 한 편 한 편 동시를 썼다고, 행복하지 않은 순간엔 동시를 쓰지 않고 오로지 행복한 순간에만 동시를 썼다고, 그때 나는 나의 시심을 밝혔다. 어린이들이 읽어야 할 동시이기에 마음 관리를 철저히 했다고도 했다.

그때 출판사에서 동시집 표지 그림을 보내왔다. 그런데 표지에 칼을 든 대장의 모습이 그려져 있어 나는 칼을 삭제할 것을 요구했다. 출판사에서는 그 장난감 칼이 들어가야 동시집 맛이 난다고 했지만, 나는 끝까지 삭제해주길 주장해 칼을 빼고 동시집이 나왔다. 그때 다섯 살이던 내 손자에게도 이 그림 어때? 하니 칼이 무섭다고 해서 더 강력히 주장했던 것이다.

아이를 돌보는 일은 천사를 돌보는 일이라 생각한다. 그래서 각별히 자신의 마음을 말갛게 헹궈야 할 필요가 있다. 순진무구한 어린이들이 상처받지 않게 하려면 어른들이 자신의 마음이나 행동을 잠시 멈춰 생각해보는 습관을 지녀야 할 것이다.

어린이는 모두 사랑받기 위해 이 세상에 태어났다고 한다. 어미 닭 곁에서 평화롭게 자라는 병아리들을 지켜보며, 우리 부부는 내 손자, 손녀뿐 아니라 세상 모든 아이가 다 저렇게 사랑 속에서 자라났으면 하고 빌어본다.

탁상시계를 보며

내 서재에는 초침과 시침만 있는 탁상시계가 있다. 분침은 희미해 잘 보이지 않는다. 똑딱똑딱 소리를 내는 것은 큰 바늘 초침이고, 그 초침의 소리를 받아 작은 바늘 시침이 묵묵히 따라가 준다. 따라가는 시침 소리는 나는 둥 마는 둥 맴도는 소리가 되어 조용하다. 자기주장을 내세우는 소리처럼 시끄럽지 않고 평화로워 보인다. 묵묵해 보인다. 반면 초침 소리는 밖으로 크게 새어 나온다. 문득 거기에 이끌어주고 따라가는 어떤 질서가 있음을 본다. 마치 그래그래 호흡을 잘 맞춰가는 부부의 모습 같은 질서.

우리 부부도 그렇다. 남편은 초침 같다. 목소리가 크다. 남편이 분위기를 이끌어 간다면 나는 시침처럼 묵묵히 따라가 주는 편이다. 내 소리를 낮추고, 그의 주장에 힘을 실어주는 정도로만 소리를 낸다. 그의 소리가 묻히지 않도록 체면을 세워주는 격이다.

그렇지만 때로는 부부의 역할이 바뀔 때가 있다. 내가 초침처럼 소리를 높여 분위기를 이끌면 남편이 시침의 자리를 지켜 묵묵히 내 소리를 받쳐 준다. 그땐 남편이 얌전히 경청하는 자세가 된다. 이렇게 가정의 평화를 만들어간다.

남편이든 나든 서로를 존중하려 노력할 때 탁상시계의 궁합처럼 척척 마음이 맞아간다. 하지만 그 마음에 제동이 걸리는 일이 발생하지 않을 수 없다. 어느 부부든 늘 조용하고 마음이 착착 맞아가는 사이는 아닐 것이다. 오히려 티격태격 시끄러운 것이 더 생산적이고 역동적일 수도 있다. 다만 누가 그랬듯이, 죽고 사는 문제가 아니라면 그런가 보다 하고 그냥 지나가야 탈 없이 넘어가게 된다. 탁상시계의 시침 역시 그런 삶의 자세를 일찍 터득했을까. 초침을 따라 오늘도 시침이 말없이 돌아가고 있다. 시계는 만인에게 사랑받는 것이고, 만인에게 공평한 것이다. 시간이 만인에게 공평하듯이. 만약 우리가 서로 앞다퉈 내는 소리로 시끄러웠다면 시계 같은 부부가 되지 못했을 것이다. 고장 난 시계 부부가 되어 주위에 미움을 받았을지 모른다.

고장 난 시계가 되어 소리를 내지 않을 때, 그런 순간이 오면 자신의 자리를 지키며 침묵으로 감정을 추슬러야 한다. 그래야 다시 완전한 시계가 될 수 있다. 부부는 초침 시침이 되어 질서 있게 돌아가는 그런 사이클을 수없이 반복하며 고비를 넘긴다.

시계는 고장이 나면 초침과 시침 둘 다 멈춰 서서 자숙의 시간을 갖는 자세가 된다. 반면, 우리 부부는 고장이 나면 서로 겉돌면서 앞다퉈 목청을 드높인다. 지금까지 척척 잘 맞아 돌아가던 박자의 질서는 무너지고 한 순간 굉음이 난다. 시계는 서로 엇갈려도 큰소리는 내지 않는다. 사람인 우리는 서로 내는 큰소리 작은 소리로 엎치락뒤치락 끝날 줄 모르다가 결국 서로를 탓하는 언성으로 시끄러워진다. 그런 날은 다시는 얼굴 볼 날이 없을 듯 어둠 속으로만 치닫는다. 즐거운 분위기에서 시작한 대화도 가끔 그리 되는 경우가 있다. 대화가 길어지다 잠깐 핀트가 엇나가면 목소리를 한 치도 낮추려 하지 않은 채 서로 고집만 팽배해진다. 그런 날은 새벽이

오는 것이 멀게 느껴진다. 책을 읽어도 몇 장을 읽었을 소중한 시간 아닌가. 밑도 끝도 없는 다툼으로 흘려보내는 시간은 참 어리석다고 생각하면서도 그리된다.

그러다 문득 깨닫는다. 다행스럽게 그런 깨달음의 순간이 온다. 일단 그 자리를 벗어나 흐트러진 감정을 추슬러본다. 그리고 똑같은 일만 매번 반복하고 사는 우리 부부의 어리석은 점을 발견하게 된다. 어쩔 수 없이 되풀이되는 이런 일을 하고 사는 게 부부가 아닌가 싶다. 그렇더라도 제 위치로 원상복구 하기 위해 끊임없이 조화로운 박자를 맞춰가려는 노력은 필수적으로 해야 한다. 자신의 마음에 들지 않는다고 버럭버럭 화를 내며 감정으로 억압하는 일은 이성적으로 판단을 못 하는 동물적 수준의 일이다. 지적 수준이 높은 인간이라면 돌아설 줄 알아야 한다. 다행히 이런 것을 우리 부부는 잘한다. 우리 부부의 장점이라고 생각한다.

대화 도중 어디서 초점이 어긋났는지 원인을 찾고, 다툼의 해결 방법을 모색하는 일을 반드시 한다. 이때는 상대방 의견을 잘 경청하면서 꾸밈없는 마음으로 진정성 있게 대화를 한다. 부드럽고 안정된 말씨로 질서를 지킨다. 이런 세월이 있어 부부라는 자리를 지키며 여기까지 박자를 맞춰온 것이다.

따스함이 있기에 한겨울에도 꽃은 피어난다. 부부간에도 언제든 겨울이 있을 수 있다. 중요한 것은 부부라는 원래의 원초적 온기를 잃지 않는 것이다. 그러기 위해서는 부부간 대화가 부드럽고 따뜻해야 한다. 그러다 보면 존중심도 생기고 양보심도 생긴다. 부부간에도 예의가 필요하다는 말은 이런 것을 두고 하는 말일 것 같다. 드디어 서로의 마음을 이해한다는 듯 그래그래 맞장구도 치게 된다. 대화의 마무리는 늘 "여보 사랑해!"가 된다. 앞으로 재미있게 살아요. 포옹으로 끝내는 것이 우리 부부이다. 부부 싸움은 칼로 물 베기라는 것을 실감한다. 이제 다시 초침과 시침 본래의 마음으로 돌아간다. 다시 서로서로 내는 소리를 받쳐주며 일상의 즐거운 시간을 만들어 간다.

　탁상시계는 어느 집에나 다 있는 것이다. 어느 집에서나 부부들이 탁상시계를 보며, 째깍째깍 부부의 한마음을 잘 만들어 갔으면 좋겠다.

3부.

잔소리 자격증

지게 그리고 작대기

지게와 작대기는 함께 있어도 서로를 밀어내는 일이 없다. 그날그날 똑같아도 평생을 한결같은 마음으로 서로를 지탱해주는 사이다. 등짐을 가득 짊어지고 가는 지게가 넘어지지 않고 목적지까지 갈 수 있도록 도와주는 것은 작대기다. 돌부리에 걸려 비틀거리면 작대기는 얼른 지게의 중심을 잡아 바로 세워준다. 그리고 함께 간다.

지게와 작대기는 실업의 한겨울에도 말없이 서로의 곁을 지킨다. 작대기 가는 곳에 지게. 지게 가는 곳에 작대기. 그 든든한 짝꿍이 보기 좋다. 저들 간에 무슨 불신이 끼어들까 싶다. 오직 두터운 믿음만이 바탕에 깔린 듯하다. 하루가 멀다고 짝을 바꿔치기하는 변화무쌍한 시대에 조금도 배반하는 일이 없어 보인다.

40대였을까. 나는 한때 논술 강사 일을 접고 돈의 유혹에 빠진 적이 있었다. 논술 강사보다 돈을 많이 벌 수 있다는 티엠 보험회사에서 일을 해보라는 친구의 권유를 받았다. 그 시절은 보험에 대한 보수적인 생각이 많았던 터라. 고민 끝에 남편에게 의논을 하니 남편이 기꺼이 허락해주었다. 사회생활 경험도 해볼 겸 그리고 글을 쓰려면 다양한 경험이 필요할 거라고 지지해주었다. 남편의 속셈은 내가 사회생활을 함으로써 직장 생활하는 자신의 고충도 이해해주길 바라는 속내도 있지 않았을까 싶다.

친구가 추천해준 회사는 서울 종로에 있는 높은 빌딩의 새 건물에 자리 잡고 있었다. 생각만 해도 흥분이 되었다. 이름만 들어도 다 아는 대기업 티엠 업무인데다가 높은 빌딩 안에서 내 부스가 생기는 것이다. 그 자리에서 컴퓨터 자판기를 두들기며 이어폰을 끼고 고객과 전화 통화를 하는 업무. 그렇게 영업을 한다니 생각만 해도 멋지다는 생각이 앞섰다.

그리고 아침에 남편과 함께 집에서 나가 1시간 동안 전철 안에서 얘기를 나누며 출근을 하고, 퇴근길에는 종로 3가에서 만나 종착역에서 내린 후, 잠시 포장마차에 들러 곱창을 시켜놓고, 가슴이 불콰해질 때까지 잔을 주거니 받거니 하루 있었던 일을 얘기하다가 가로등불이 길을 밝혀주는 고즈넉한 시간에 팔짱 끼고 집으로 돌아가는 그런 낭만적인 생각으로 자꾸만 뭉게구름처럼 가슴이 부풀어 올랐다.

하지만 면접을 보고 교육을 다 마치고 나서 자리를 배치받아 업무에 투입되었을 때는 그동안 기대했던 멋진 생각은 꿈에 지나지 않았다. 일단 기계치인 나는 첫날부터 전산 작업이 여간 스트레스가 아닐 수 없었다. 그리고 전화로 하는 업무다 보니 갈수록 목소리에 대한 콤플렉스까지 느끼기 시작하며 고객을 끌어오지 못하고 말은 늘 더듬거리기 일쑤였다. 목소리를 조용히 속삭이듯 해야 하는 일인데도 고객이 전화를 끊으려 하면 고객님! 하고 큰소리로 외치곤 했다. 그 소리가 조용한 티엠실 안을 쩌렁쩌렁 울려대니 갑자기 웃음바다가 되고, 팀장한테 늘 지적받기 일쑤였다. 업무에 대한 스트레스는 날로 쌓여가고 그만두길 바라는 팀장과 실장의 눈치는 따갑기만 했다. 그때마다 부스 앞에 '피할 수 없으면 즐겨라'를 크게 써서 붙여놓고 하루하루 견뎌내던 나날. 그런 힘든 하루를 퇴근길이나 집에서 남편에게 털어놓으면 남편은 이런저런 힘이 될 여러 말을 하며 다독거려 주었다. 당신은 잘 할 수 있어. 늘 용기를 북돋아 주어 그만둘까 말까 흔들리는 내 중심을 잡아주었다.

그렇게 겨우겨우 버티며 조금 적응이 되어갈 무렵, 남편이 해외로 발령 통보를 받고 나도 함께 동행하기 위해 회사를 그만두었다. 홀가분하기 이루 말할 수가 없었다.

남편이 해외로 현장소장 발령을 받고 해외에서 함께 생활하게 되었을 때, 남편과 나는 꿈에 부풀어 있었다. 하지만 남편 또한 처음 해보는 일이라 사람들과의 관계를 매우 힘들어했다. 그렇게 힘들어하면서 숙소로 들어올 때마다 고충을 털어놓곤 했다. 그때마다 다소곳이 들어주며 순간순간 위로와 용기를 주었다. 낯빛만 봐도 내일은 또 어떻게 버텨낼까 고민하다 잠들곤 하는 것 같았다. 나는 남편이 달게 자는 모습을 보고 난 후에야 잠이 들었다. 그렇게 남편도 나를 의지하며 하루하루를 버텨내고 있었다.

그리고 해외 근무를 마치고 국내에 와서도 지방 이곳저곳으로 발령지를 옮겨 다니며 현장소장 직을 계속 이어나갔다. 지게 가는 곳에 작대기가 따라가듯, 남편과 늘 함께했다. 해외나 국내나 사람 사는 세상은 만만치 않은 법. 온종일 사람한테 부대끼고 돌아온 남편을 편하게 대해주려 무척 노력했다. 소주를 나누어 마시고 이런저런 대화도 하며 하루의 힘든 일을 잊을 수 있도록 애썼다. 잠을 자면서도 한숨이 새어 나오는 걸 자주 듣곤 했다. 내가 사회생활을 힘들게 해보았기에 남편의 마음을 충분히 이해할 수 있었다. 남편 역시 그만둘까 말까 짐을 질 때마다 곁에서 내가 작대기 역할을 하며 그렇게 정년까지 잘 버텨왔다.

부부는 핏속의 염분도 서로 비슷할 것 같다. 그러니 함께 받쳐주고 지탱하며 정글 같은 세상을 살아낼 수 있었을 것이다. 남편이 있어 내 삶이 막막하지 않았으니, 내 지게를 남편의 작대기 같은 응원이 받쳐주었을 것이다. 내 작대기 같은 응원도 남편에게 다시 일어설 힘이 되었을 것이다. 나머지 시간도 꼭 그렇게 살아가야 하리.

지게와 작대기가 서로 한 몸이 되어 사는 건 상식이다. 상식적인 삶이 대단한 선물이라는 말이 있듯이 부부는 진부한 말 같지만 서로 의지하며 사는 것이 상식이다. 혼자 넘어졌다가도 다시 일어섰을 때 지탱해줄 사람. 나는 앞으로도 남편의 작대기로 살아가련다. 여보, 당신도 나의 작대기가 되어줘.

이제 와 생각해보니

오래전 지방 어느 식당에서였다. 마당 뒤뜰 정원에서 엄마 아빠 같은 두 그루 큰 나무와 그 아래 어린나무 두 그루가 정답게 자라고 있는 것을 보았다. 식당 주인이 심어놓은 것 같은데, 그 모습이 문득 우리 집 식구 같아 보였다. 보기에 좋아 한참 물끄러미 바라보았다. 어린 나무가 무럭무럭 자라는 것을 부부 나무가 묵묵히 바라보며 서로 은밀히 마음을 나누는 것 같았다. 저런 것이 자연스러운 교육이 아닐까 싶어 뭉클했다.

벌레에 갉아 먹힌 자국도 없이 잎이 반지르르 모두 윤기가 흘렀다. 사람이 행복할 때 얼굴에 윤기가 흐르듯 평온하고 단란한 나무들의 모습이 정말 좋아 보였다. 한때 나처럼 부모라는 권위로 이래라저래라하는 강압적인 소리를 하는 것도 들리지 않았다. 스스로 미소 짓고 스스로 잘 자라고 있는 모습이 참교육의 모범 같았다. 대부분 나무는 그렇게 자란다. 아니 그들은 그렇게 가정이란 숲을 일구어간다. 저 평화로움 속에서 어린 나무들은 활짝 기지개를 켜며 꾸밈없이 자라날 것이다. 장차 큰 재목이 되리라 믿어 의심치 않는다. 나무 부부만의 교육방식은 아마 대대로 그렇게 이어졌을 것이다. 문득 그 우아한 식물성의 교육방식이 나를 나무라고 있었다.

그 모습에 취해 있다가 식당 안으로 들어가 잠깐 주문한 음식을 기다리고 있는 동안 나는 동물인 '사자'에 대해서 검색을 해보았다. 사자들은 새끼를 낳자마자 절벽에서 떨어뜨려 살아서 올라오는 놈만 진정한 자식으로 품어준다는 내용을 다시 확인하고 싶어서다. 역시 그랬다. 가슴이 찡했다. 그게 동물의 왕자라는 사자들의 세계인가. 잔인하다는 생각이 들어 말문이 막혔다. 정글에서는 그보다 더한 일도 일어날지 모른다. 오직 살아남으려고 발버둥 치는 모습이 그대로 그들의 교육방식이 되었을 것 같다.

식물과 동물의 교육법이 이렇게 다를 수 있구나. 이미 알고 있었지만 그래도 충격은 충격이다. 어린 생명이 불쌍하다는 생각이 들었다. 정글에서 살아남으려면 할 수 없이 강하게 훈련시켜야 하겠지. 저들 나름대로 깊은 상처가 있지 않을까 싶어 안쓰러운 생각이 들었다.

그럼 나는 내 자녀들을 어떻게 교육시켜 왔을까? 지난날을 되돌아보았다. 때론 나무들처럼 묵묵히 지켜보아야 할 순간에도 밀린 학습지를 안 풀었다고 큰소리로 야단을 치고, 내 뜻대로 안 따라 준다고 남편하고 사소한 다툼이 있는 날은 아이들에게 감정을 폭발시키지 않았던가. 이런저런 이유로 아이들 마음에 상처를 내지 않았나 하고 아이들이 다 자라 독립해 사는 이 순간에서야 깨달음이 온다. 그저 묵묵히 지켜봐 줄 걸. 아니 조용조용 타이르듯 할 걸. 교육이라는 이름으로 늘 야단쳐서 해결하려고 했던 일들. 그래서 늘 시끄러웠던 날들이 새삼 부끄러워진다. 고스란히 아이들 가슴에 상처가 되지 않았을까 때늦은 후회를 하고 있다.

지금은 성인이 된 아이들한테 가끔 나는 미안함을 전한다. 그땐 내가 좀 미숙했다. 내 잘못된 교육방식으로 얼마나 상처를 입었느냐. 미안하다고. 그때 누군가 그건 나쁜 방법이라고 일침을 주었더라면 내 교육방식이 조금은 달라졌을지 모른다.

이렇게 한세월 지나와보니 내 잘못된 교육방식이 보여 손자들에게는 너무 야단치지 말라고 늘 주문한다. 부모가 보여주는 대로 자식들은 따라하게 되어있으니 공부하는 모습도 보여주고, 뭐든 열심히 하는 모습 보여주고, 집이 널브러져 있으면 부모가 먼저 나서서 우리 함께 할까? 하는 모습을 보여주라고 한다. 내 뜻대로 아이들이 안 따라와 준다고 야단쳐서 정서를 흩트리지 말라고도 한다. 평화로운 가정의 모습이 천국이라고, 아이들은 부모가 하는 대로 성격도 성장도 그대로 본받는다고 끊임없이 말한다.

내 딸아, 아들아! 이제 와 생각해보니 미안하구나. 마음의 상처 혹여 있다면 훌훌 날려버려라. 세상은 이제 너희 것이야. 맘껏 자유를 펼쳐보려무나.

어린이가 나의 선생이 되는 순간

며칠 전 주말에 손녀를 데리고 서울 ○○동에 있는 놀이터에 갔다. 남편은 손녀와 놀이기구를 타고 나는 의자에 앉아 아이들이 노는 모습을 지켜보고 있었다. 주말이라 놀이터는 활기가 넘쳤다. 조용히 아이들이 노는 모습을 지켜보고 있노라니 갑자기 한쪽에서 다투는 소리가 들렸다. 누군가 둘러보니 같은 또래 초등학교 여학생 셋이 모여 있었다. 뭔가 좀 심각해 보였다. 혹시라도 요즘 왕따니 뭐니 그런 것이 아닌가 싶어 가까이 다가가 들어보았다.

그런데 갑자기 한 어린이가 울음을 터트린다. 한 어린이가 상대 어린이한테 어떤 사과를 요구하고, 상대 어린이는 사과할 일이 없다고 하고, 또 한 어린이는 그 둘 사이를 오가며 화해시키려 노력하고 있었다. 다투는 아이는 초등학교 5학년과 4학년이고, 화해시키려 하는 아이는 6학년으로 모두 같은 학교 아이들이었다.

그런데 놀라운 일은 요즘 어린이들의 말 실력이 매우 합리적이고 분명하다는 사실이다. 그리고 논리적이고 어휘력 수준도 변호사 같은 전문가 못지않았다. 4학년 어린이의 말에 의하면 5학년 언니가 두 가지를 잘못했다고 한다. 그런데 한 가지만 사과해서 나머지 잘못한 것에 대하여 사과를 받아야만 화해할 수 있는데, 5학년 언니가 사과를 하지 않으니 자신은 화해할 생각이 없다는 것이다. 4학년 후배 아이가 5학년 선배한테 당당히 따지는 걸 보고 깜짝 놀랐다. 그러니 6학년 어린이가 5학년 어린이에게 가서 자세히 설명한다. 4학년 어린이의 말대로 사과를 하도록 설득을 하지만 5학년 또한 더는 잘못한 게 없어 사과를 못 하겠다고 버티는 것이다. 나는 6학년 아이한테 정말 놀랐다. 참 진지하면서 선배 역할도 잘 해내는 모습이 대견하고 뭉클했다.

6학년 어린이가 5학년을 설득하면서 한 이야기를 요약해보면, 친구와 다투고 나서는 꼭 화해를 해야 한다는 것을 강조한다. 그런데 그 화해 방법이 자기가 잘못한 일에 대하여 하나하나 짚어가며 사과를 하고, 그다음에 다시는 그러지 않겠다고 다짐하는 단계를 거쳐야 그것이 화해가 된다는 것이다. 그러면서 5학년 어린이한테 4학년 어린이에게 그렇게 사과를 하라고 말하는 것이다. 그리고 그날 다툰 일은 그날 화해를 하고 집으로 가야 한다는 것이다. 그런데 5학년 어린이는 사과할 맘이 전혀 없는 것 같았다. 자신은 한 가지 외엔 잘못한 것이 없다고 생각하는 것이다.

그래서 내가 5학년 어린이에게 자세한 이유를 물었더니 자신은 잘못한 게 없는데, 그래서 지금 당장은 사과를 안 하고 집에 가서 엄마한테 자세히 내용을 말씀드려본 다음 엄마가 사과하라고 하면 그때 사과할 생각이라고 했다. 나는 그냥 '미안해'라고 사과하고 사이좋게 지내라고 말하려다가 차마 말을 못 꺼냈다. 그 어린이 생각이 옳은 것 같아서다. 자신도 지금 당장은 판단이 안 서니 엄마에게 한번 물어보고 나서 사과를 하겠다는 것도 옳은 일 아닌가. 오늘 당장이 아니고 하루 이틀 미루더라도 그냥 무책임하게 잘못했다고 하고 나서 억울해하는 것보다 훨씬 나을 수도 있겠다 싶었다. 그 이상 무슨 말이 필요하겠는가. "장래에 꼭 훌륭한 사람이 될 거야. 꼭 그렇게 되렴." 나는 그렇게 말하고 그 자리를 벗어났다. 내가 이래라저래라하는 것보다 그 어린이들 스스로 잘 해결하리라는 믿음이 있었다. 그 자리에서 벗어나는데 그 어린이들의 똑 부러진 말과 모습이 자꾸 떠올라 다시 속으로 정리해보았다.

'서로 다툼이 일어났을 때 화해의 절차는, 하나하나 자신의 잘못을 알고, 그다음에 미안하다고 사과하고, 그다음은 다시는 안 하겠다고 다짐하고, 그날 다툰 일은 그날 꼭 화해하고 마무리해라.'

문득 우리 부부를 생각해봤다. 다툼이 있으면 나는 무조건 미안해, 잘못했어. 그렇게 해결한 날이 대부분이었다. 아니, 전부였던 것 같다. 시끄러운 것도 싫고, 어두운 분위기가 오래가는 것도 싫었다. 남편의 비위를 맞추려고 전전긍긍하며 그저 두루뭉술하게 지나가는 게 좋았다. 머리 복잡한 것 나는 질색이다. 오죽하면 나의 소원 중 하나가 남편한테 "내가 잘못했어. 미안해." 그 말 한 번 듣는 것이었겠는가.

드디어 내 평생소원 하나가 이루어지는 기적이 일어났다. 마침 그다음 날 아침이었다. 잠자고 일어나는데, 웬일로 남편이 그동안 여러 일로 미안했다고, 당신도 서운한 마음이 많이 있었을 거다 등등 사과인지 후회인지를 하는 것이었다. 갑자기 눈물이 핑 돌았다. 수십 년 동안 내 탓이오 살아온 억울함 많았던 날들이 한순간에 씻겨나갔다. 내 마음을 알아준다는 것만으로도 쌓인 마음의 찌꺼기가 날아가 버렸다. '늦게나마 소원을 이루어준 당신, 고마워요.'

「하늘의 무지개를 바라보면 내 가슴은 뛰노라」, 시인 워즈워드가 이 시에서 한 가장 유명한 말이 '아이는 어른의 아버지'라는 말이다. 오늘 놀이터에서 만난 초등학생 3인방은 정말 우연히 만난 나의 선생이었다. 나보다 한 수 위였다. 그래서 또 그들이 한 말을 되뇌어본다.

'다투고 나서 화해 절차는 자신의 잘못을 인정한 다음, 미안하다고 사과하고 그다음에 다짐, 그리고 그날 다툰 일은 그날 화해하고 끝낼 것.'

미안해, 그 한 마디

희망이란 말은 바람 불어 쓰러져도 다시 일어날 수 있는 풀 같은 것이다. 파란 풀 같은 희망의 말을 믿느냐 믿지 않느냐는 것은 말할 필요 없이 자신의 선택이다. 하지만 자신이 아무리 희망을 믿고 노력해도 주위에서 도와주지 않으면 그 믿음은 흔들릴 수 있다. 특히 생사의 갈림길에 서 있는 갈급한 상황일 때 배우자의 희망의 말 한마디는 모든 것을 좌우한다.

몇 해 전 지인의 남편으로부터 전화를 받았다. 아내가 암 진단을 받았다고 했다. 너무 당황해서 아내한테 무슨 말을 해야 할지 도무지 알 수가 없어 몇몇 친구들한테 연락해보았다고. 그러나 하나도 도움이 되지 않아 경험이 있는 나에게 조언을 구한다고 했다.

그의 아내와는 평소에 이런저런 가정 이야기를 나누는 사이라서 그 남편이 아내에게 어떻게 대했는지 대충 알고 있었다. 그러기에 아내에게 무조건 '미안하다. 그리고 그동안 마음에 상처를 입게 해서 잘못했다'라고 말하라고 했다. 그것이 나의 첫 말이었다.

그리고 설령 아내가 남편 때문에 병을 얻었다고 분노의 마음을 드러내도 생사의 갈림길에 있는 아내가 다시 상처받지 않도록 절대 말조심하고, 항암치료를 편안하게 잘 받을 수 있도록 곁에서 끝까지 최선을 다하라는 말도 곁들였다. 멀쩡하던 사람이 갑자기 암 환자가 된 당사자는 얼마나 두

려움에 떨고 있겠느냐는 등 가만히 듣고 있던 남편이 고개를 끄덕이고 있는 모습이 내 눈에 보이는 듯했다. 그리고는 조용히 많은 도움이 되었다고 고마워하며 전화를 끊었다.

사소한 병이 아닌 생사를 넘나드는 큰 병에 걸리게 되면 내가 아는 사람들 대부분은 배우자를 원망하는 경우가 많았다. 특히 남편의 강압적인 태도에 억눌려 살아가는 아내의 경우가 그랬다. 그럴 경우 화를 달래줄 수 있는 가장 좋은 방법은 "미안해. 잘못했어. 당신 치료 잘 될 거야. 걱정하지 마." 이런 진정 어린 말들이었다.

살아오면서 켜켜이 쌓인 어둠의 순간들이 불쑥불쑥 의식의 표면으로 떠올라 악몽처럼 괴롭히는 일들이 많다. 그건 스스로 극복이 잘 안 된다. 그때 배우자가 그 마음을 이해하고 '미안해!'라고 마음으로 한마디 해준다면 다시 용기를 갖고 살고자 하는 희망의 불씨를 살려낼 수 있다.

그 남편은 내가 알려준 대로 아내가 항암치료를 받는 내내 최선을 다해서 곁을 지키며 면역력이 좋은 음식에도 특별히 신경을 쓰며 보살폈다고 한다. 그 덕분에 아내도 희망을 품었을 것이다. 요즘은 의술이 워낙 좋아 암도 완치율이 높다. 다행히 그 아내도 치료를 잘 마치고 거의 완치해서 건강하게 살아가고 있다는 소식을 들었다.

부부가 살아가면서 아프지 않고 마지막까지 잘 살 수 있으면 얼마나 좋을까? 그러려면 서로 마음에 상처를 주지도 받지도 않고 살아야 할 텐데, 그게 가능할까, 생각해본다.

부부가 매 순간 서로 마음에 드는 말, 마음에 드는 일만 하고 살 수는 없을 것이다. 그렇게 살 만큼 완벽한 존재가 아니니까. 서로의 마음을 완벽하게 들여다보는 투시경이 나오기 전까지는 알게 모르게 상처를 주고받으며 그렇게 살 수밖에 없으리라.

인간은 노래를 하며 사는 동물이 아니라. 말을 하며 사는 동물이다. 그래서 항상 '말'이 문제다. 아니 '혀'가 문제다. '뼈 없는 혀가 뼈를 녹인다'는 말은 인간의 혀가 그만큼 무섭다는 뜻이다.

세상을 살아가면서 가장 기분 나쁜 일은 남에게 듣는 기분 나쁜 말이다. 그런데 하물며 부부 사이에서 그런 말이 오간다면 얼마나 슬프겠는가.

그런 순간이 오면 얼른 서로 달래야 한다. 마음으로부터 "미안해. 잘못했어."라고 한다면 그래도 마음이 좀 가벼워질 것이다. 그런 훈련이 필요하다.

아내가 항암치료 받는 순간에도 상처를 입히는 말과 행동을 하는 배우자들을 종종 보게 된다. 그건 도리가 아니고, 부부도 아니다.

변신하는 도깨비

마음속에 도깨비 한 마리 사는 것 같다. 변신에 능한 놈이다. 순한 놈이 되었다가 성질 고약한 놈이 되었다가 자주 돌변한다. 온순형 순한 놈과 다혈질형 성질 고약한 놈 중 어느 놈으로 변신하느냐에 따라 그날이 조용하거나 시끄러워진다.

생각한 후에 행동하는 이성(理性)과 달리, 감정은 생각할 겨를 없이 사람을 조정하는 도깨비다. 이놈을 눌러야 할 이성이 감정 도깨비놀음에 꼭두각시가 된다. 이성이 감정 도깨비를 휘어잡지 못하면 중심을 잃고 그놈의 다혈질 도깨비 모드에 끌려가고 만다. 그날의 기분은 감정 도깨비가 온화한 성격이냐, 톡톡 쏘는 다혈질이냐에 달려있다. 하루가 시끄럽게 지나가거나, 조용히 탈 없이 지나가느냐가 그놈 손안에 있는 것이다. 마음을 지탱하고 있는 이성의 줏대는 그때마다 힘없이 무너진다. 그래도 그놈은 마음을 어지럽히며 장난질을 일삼다가, 다시 나를 정갈하게 제자리에 놓아주곤 한다.

그이와 내가 둘이 함께 있으면 도깨비 두 놈이 늘 문제를 일으킨다. 온순형으로 변신할 때는 서로가 화기애애한 분위기다. 서로 주거니 받거니 말이 잘 통한다. 그야말로 지상낙원이 된다. 그러다 말 토씨 하나 틀리게 되면 사나운 도깨비로 변신한다. 남편의 감정 도깨비는 늘 기가 팔팔하다.

대수롭지 않게 여기고 지나가는 법이 없다. 생각하는 이성은 이미 없다. 그는 상대의 말을 받아들이는 방법이 나와 전혀 다르다. 이 점이 나를 무척 힘들게 한다. 당연히 두 도깨비끼리 언쟁의 난투극이 벌어진다. 그러면서도 나는 되도록 내 생각을 입 밖으로 내지 않으려 조심한다. 좀 조용히 지나가기 위해서다. 이건 내가 터득한 생존전략의 지혜다.

하지만 어느 한쪽의 다혈질 도깨비가 확실히 득세하면 기분이란 판은 난장판이 된다. 그 두 놈이 말씨름을 하면 당신이 틀리고 내가 옳고 서로 언어가 달라지며 엎치락뒤치락 판이 요란하다. 결국 상처를 낸다. 위대한 이성은 어디 가버렸나. 오로지 힘으로 밀어붙이는 것만이 힘을 유지하는 비법인 듯하다.

최근 그이와 나는 자주 부딪쳐 사이가 좋지 않은 순간들이 많았다. 지루한 장마처럼 궂은날이 계속되었다. 이리 변신 저리 변신 한마디로 말해서 남편의 감정 도깨비가 다혈질을 드러내며 내 안의 감정 도깨비를 자극한 것이다. 내 안의 온순형 도깨비가 참다못해 버럭 화를 내지르면 또또또 하며 억누른다. 말 토씨 하나에 민감한 남편의 감정 도깨비에 나는 지혜롭게 살살 기어든다. 그러다가도 내 감정 도깨비가 못 참을 지경이 오면 말꼬리 잡고 뱅뱅거리는 것이다. 자주 다혈질을 드러내는 남편의 감정 도깨비와 내 감정 도깨비가 전에 없이 윙윙거리는 요즘, 무슨 문제가 있는가?

그러던 어느 날 내가 비뇨기과를 찾을 일이 생겼다. 그날도 남편과 동행했다. 의사의 진찰을 마치고 앉아있는데, 남성 갱년기를 의심하라는 문구가 번쩍 눈에 들어왔다. '성욕과 발기력 감소, 기분 변화, 피로감, 우울증,

분노, 지적 능력의 감소, 집중력 저하 등 열 가지 정도의 내용이다. 그 열 가지 내용을 하나하나 읽어보니 남편의 요즘 행동이 많이 포함되어 있었다. 그래서 남편한테 의사의 진찰을 한번 받아보라고 권하자 흔쾌히 받아들여 의사의 진료를 받게 되었다. 그리고 약을 처방받아 그날 밤부터 한 알씩 먹기 시작했다. 거짓말같이 남편 안의 감정 도깨비가 좀 온순해졌다. 며칠째 계속 온순하다. 말씨도 부드럽고 말 토씨 하나도 너그럽다. 넓은 바다에서 내가 마구 헤엄치고 다니는 자유로움을 느끼고 있다. 내 안의 감정 도깨비도 마음이 턱 놓였다. 역시 의사의 진료를 받기 잘했어. 남편의 감정 도깨비가 다혈질이고 사나웠던 건 갱년기 증상이었던 이유도 있었구나 싶다. 아니 갱년기 도깨비 때문이었던가 싶다. 온순한 감정 도깨비와 사니 전쟁이 끝나고 평화가 시작된 듯 기쁘다. 비로소 이성이 눈부시게 돌아온 것 같다.

그 사나운 감정 도깨비의 정체가 갱년기 도깨비였다니. 감정 도깨비야! 이제 변신 그만하고 온화한 마음으로 살았으면 좋겠어. 너도 그간 갱년기와 싸우느라 힘들었지. 이제는 버럭버럭 감정 도깨비에 흔들리지 말고, 차근히 생각하고 행동하는 이성의 줏대를 세우고 살아가고 싶단다.

잔소리 자격증

요즘은 자격증 시대다. 집 안 정리 정돈 해주는 일까지 자격증이 있는 시대이니 자격증 직종은 이 시대의 중요 직업군이라 할 수 있다. 국가 자격증을 비롯해 민간 자격증 등 수백 개가 넘는다. 봇물 터지듯 쏟아지는 자격증 시대에 꼭 있어야 할 자격증이 없나 싶을 때도 있다. 혹 이미 나와 있는 걸 나만 모르고 있는 게 아닌가 싶기도 하다.

내가 말하고 싶은 건 배우자 잔소리 자격증이다. 아직 이것이 없다면 앞으로 이 자격증만큼은 꼭 있어야 할 필요가 있지 않을까 싶다. 시도 때도 없이, 기준도 없이 해대는 배우자의 잔소리는 스트레스는 물론 부부싸움의 실마리가 되기 때문이다. 꿈같은 소리인지 몰라도, 가정문제연구소 같은 곳에서 이런 자격증 발급을 시행해 발급받은 자에게만 잔소리하게 하면 어떨까?

잔소리 자격을 갖추려면 자신부터 가다듬어야 할 것이다. 자신은 잔소리 듣는 것을 싫어하면서 상대에게 마구 잔소리를 해댄다면 형평성에도 어긋나는 일이다. 누구나 완벽할 수는 없다. 배우자 스스로 할 수 있는 일은 자율에 맡기는 게 좋을 것이다. 시시콜콜 지시하며 사사건건 잔소리를 해대는 일은 기분을 아주 망친다.

잔소리는 하는 쪽이나 듣는 쪽이나 다 스트레스를 받는다. 잔소리를 하기 시작하면 이미 배려심은 사라지고 끝없이 되풀이하게 된다. 내가 하기 싫은 일은 남에게 시키지 말라고 했는데, 자신은 듣기 싫어하면서 상대방을 향해서는 맘대로 지적을 해대니 그야말로 '내로남불' 아닌가.

잔소리의 자격증을 좀 구체적으로 말하면, 종류와 기준, 횟수 등을 고려해서 초, 중, 고급으로 다루어야 할 것이다. 예를 들면, "아, 그렇구나. 아, 그래 맞아. 아, 아, 내가 당신 마음 다 이해해." 하는 수준은 초급에서 다루어야 할 항목이다. 그다음 중급이나 고급은 잔소리의 내용이나 범위, 등급 등을 꼼꼼히 연구해 잔소리 차단에 적극적으로 나섰으면 좋겠다. 그리하여 자격에 걸맞지 않게 잔소리를 해대면 무면허 의사가 의료 행위를 하는 것과 같이 처벌을 받게 하고 싶어진다.

사실 이런 일을 사회적 함의로 만들어낸다는 것이 우스운 일이기는 하다. 기준도 모호하고, 각자 상황도 다르고, 심리상태도 다 다른 이 어려운 일을 어떻게 해낼 것인가? 하도 답답해서 해본 소리다. 그러나 분명히 부부간 잔소리는 어느 정도 금도가 있어야 할 것 같다. 가까운 사이일수록 예의를 지키라는 말은 부부간에 그대로 적용된다. 부부는 부부만이 지켜야 할 예의가 있다. 남이라면 넘어갈 수 있는 일도 부부이기 때문에 안 되는 일도 있는 것이다.

잔소리는 조그마한 소리가 아니라 상대의 마음을 크게 상하게 하는 요술이다. 어느 한쪽이 자기 유리한 대로 잣대를 들이대며 해대는 말이기 때문에 상대에게는 가당치 않은 일일 수 있다. 때로 초급의 수준도 미달인 사람이 고급 수준의 잔소리를 해대기도 하니 이를 어찌할 것인가.

자기 잣대대로 지적을 해대지만 자신에 대한 규칙은 하나도 없는 사람이 있다. 바로 자신이 법이라고 생각하는 사람이다. 자신이 만든 규칙에서 벗어나면 사정없이 나무라고 휘두르는 사람이다. 최소한 그런 지적을 하려면 자신만큼은 그러지 않아야 할 것이다. 그냥 자신의 마음에 거슬리니 자기 마음에 맞춰 살라는 것이다. 그때 상대 배우자도 그렇게 나오면 어떻게 할 것인가. 사람 마음은 다 똑같다. 그저 말하기 싫어서 안 할 뿐일 수도 있다.

그러나 달리 생각하면, 잔소리를 듣는다는 것은 내가 그 사람 마음에 그만큼 채워지지 않는 부족함이 있다는 것 아닌가. 부부간에는 그 부족함을 서로 노력해서 극복해야 한다.

아마 내가 세상에서 가장 많이 잔소리를 듣고 사는 사람이 아닌가 하는 생각이 들 때가 있다. 그만큼 내가 남편한테 부족한 점이 많은 사람인지 모른다. 그때마다 나는 내 부족함을 인정하고 "알았어요." 하고 즉각 행동으로 옮기지만 다음에 또 그 일로 잔소리를 듣는다.

예를 들면 빨래건조대에 빨래를 널고 걷고 하는 일에 대해 남편은 꼭 뭐라 하며 지적한다. 나는 내 편한 방식이 있는데 남편 마음에 들지 않는 모양이다. 그래서 잔소리를 한다. 잔소리의 끝은 보이지 않는다.

그렇다고 남편에게 내가 잔소리할 항목이 전혀 없는 것도 아니다. 아니 내가 지적해야 할 점이 더 많을지 모른다. 하지만 나는 잔소리를 별로 좋아하지 않는다. 그냥 귀찮아 내가 일을 해버리고 만다. 남편의 신경을 날카롭게 하면 내 기분도 좋지 않을 테니까.

세상에서 가장 잔소리 안 듣고 사는 남편이 바로 내 남편이 아닌가 싶다. 나는 남편의 되돌아오는 잔소리가 더 무서워 되도록 입을 다문다. 남편도 나처럼 생각해주면 좋겠다. 그러면 서로 공평하게 사는 기분이 들고 행복할 것을.

그렇지만 가까이 살면 관심이 많아 어쩔 수 없이 잔소리를 하게 된다. 잔소리도 하나의 사랑이라고 생각하면 기분 좋을 것도 같다. 그러나 아니다. 자꾸 듣는 잔소리는 사람을 피곤하게 하고 짜증 나게 한다. 잔소리를 하고 싶을 때마다 속으로 열을 세어보면 어떨까도 싶다.

그래서 억지로 생각해낸 것이 잔소리 자격증을 따게 해보자는 것이다. 그러면 자연히 잔소리에 신중해지고 덜 하게 될 것이다.

날마다 좋은 날

....

　며칠 동안 집을 비웠다. 그이가 회사 다니던 때 해외 발령이나 출장 같은 어떤 특별한 날을 제외하고는 우리 부부는 별로 떨어져 보낸 적이 없다. 함께 수십 년을 살아도 남편이 있어 불편하다거나 떨어져 지내고 싶다는 생각이 별로 들지 않았다.

　하지만 이번은 며칠 떨어져 보내기로 했다. 정년퇴직하고 집에 머무는 그이와 간혹 크고 작은 다툼이 있어도 떨어져 있을 생각은 안 했는데, 초등학교에 다니는 외손자를 돌보는 날엔 우리의 의견 충돌이 강도나 횟수가 심해졌다. 코로나19로 학교 가는 날보다 집에 머무는 시간이 많아지면서 제 부모 출근한 낮 동안 혼자 있는 것이 안쓰러워 작은아이 데리고 올 때 함께 데리고 오는 시간이 많아졌다. 그런 날은 늘 책을 끼고 살고, 시간만 되면 책을 읽어라, 등등 호되게 야단치는 할아버지 사이에서 보다 못해 내가 중간에서 손자 편을 들다 우리 둘의 다툼이 되는 것이다. 서로 아이들을 대하는 성격 차이나 교육관 차이가 심하다. 물론 남편 방식이 옳다고 해도 내 자식들 키우면서도 힘들었던 날이 많았는데 나이 든 지금도 손자 문제로 우리의 불화가 잦다니, 생각해볼 일이다. 아이들 정서에도 좋지 않고 어린 마음에 상처가 생길까 봐 두 아이 짐을 싸 들고 서울 딸네 집으로 가기로 맘먹었다.

학습은 제 부모한테 맡기고, 그저 우리는 손자, 손녀가 잘 자랄 수 있도록 정서적인 면을 풍부하게 해주면서 좋은 추억을 만들어주고, 건강하게 자라는 모습을 보며 행복했으면 좋겠다는 생각뿐이다. 남편은 제 마음대로 따라주지 않는 손자가 늘 눈에 거슬리는 것이다. '날마다 좋은 날'은커녕 날마다 먹구름 끼고 궂은날만 계속되어 갱년기도 모르고 지나간 우울증이 인제 와서 살아나는 것이다. 나의 철학은 '손자, 손녀 돌보는 일로 집을 떠나 딸네 집에 머무르는 일은 절대 없다'였는데, 오죽하면 내 철학을 무너뜨렸겠는가, 작심하고 딸이 회사 바쁜 일이 다 끝날 때까지만 머물다 집에 오려 했다.

그런데 남편이 나흘째 되는 날에 서울 딸네 집으로 왔다. 그리고 여러 사정으로 작은아이만 데리고 저녁에 다시 집으로 돌아왔다. 와서 보니 남편이 정성스럽게 붓글씨로 쓴 '날마다 좋은 날'이라는 캘리그라피 문구가 탁자 유리 밑에 끼워져 있었다. 남편의 마음이 읽혀 기분이 좋았다.

거실을 오가며 '날마다 좋은 날'이라는 그 문구에 자연스럽게 눈길이 간다. '날마다 좋은 날'은 어떻게 만들어지는 걸까? 먼저 좋은 날의 걸림돌이 되는 문제들을 곰곰이 생각해보았다. 좋은 날이 되려면 걸림돌이 되는 것부터 고쳐야 하기 때문이다.

감정은 하루살이 같은 것이어서 오늘은 좋은 날이지만 내일은 또 어떤 모습으로 태어날지 모르는 일이다. 먼저 목소리 톤을 생각해본다. 간혹 궂은날이 되는 것이 말하는 목소리 톤에 문제가 있기 때문이다. 억양이라고나 할까, 목소리 톤만 부드럽게 해도 나쁘지 않은 날이 될 것이라는 생각이 그때마다 든다.

말의 부드러움은 온화한 마음과 연결된다. 온화한 마음 바탕에서는 거친 말이 나오지 않는다. 부드러움이나 온화함이 없는 말투가 사람 마음을 아프게 쿡쿡 찌른다. 그럼 발끈하게 된다. 송곳날처럼 찌르는 말투는 모든 걸 무너뜨리기도 한다. 부드럽고 온화한 마음이 깃든 말투가 되면 화를 내고 싶어도 이해하고 웃고 지나갈 수 있다. 화날 때일수록 말투에 신경을 쓰는 수양을 해야겠다.

그리고 또 하나는, 상대방 마음에 거슬리는 단어를 사용하지 않도록 조심하는 것이다. 부부지간일수록 말 토씨 하나하나에 신경을 써서 부드럽게 표현해야 한다. 그 말 토씨 하나가 상대방 기분을 천사로도 만들고 악마로도 만든다. 예를 들어 지난날을 돌이켜 보면, 남편이 귀가한다는 시간에 오지 않고 늦어져 신경이 예민했던 날이 있었다. 그때 남편한테 한 소리 했더니 설득하기는커녕 왜 그렇게 집착하느냐고 버럭 화부터 냈다. 내 입장에서 보면 집착이 아니고 부부 관심이었는데 말이다. '집 나간 짐승도 늦게까지 돌아오지 않으면 신경이 쓰이고, 들어오면 왜 이제 들어오니?'라며 반가워서라도 한마디 하게 된다. 그때 짐승은 꼬리를 치고 안겨든다. 하물며 부부끼리 좀 불만을 표시한들 꼭 그런 표현을 써야 할까. 그 단어 외에 다른 말이 생각나지 않았던 듯하다. 나는 기분이 무척 나빴지만 그냥 어휘력 부족이겠거니 하고 속으로 삭였다.

그러던 어느 날 남편이 소주를 마시다 멸치를 찾았다. 한두 번이 아니었기에 당신은 왜 멸치에 그렇게 집착하느냐 했더니 무슨 집착이냐고 버럭 화를 냈다. 집착이라는 말에 기분이 상했던 것 같다. 받은 걸 돌려줬을 뿐인데 무척 기분이 나빴던 모양이다. 남은 괜찮지만 부부이기 때문에 더 기분 나쁜 말이 있다. 그걸 조심해야 한다. 그래서 부부는 가깝고도 먼 사이라고 하나 보다.

내 아이들이 다 자라 결혼하고 집을 떠나 부부만 사는 공간에서 '날마다 좋은 날'이 되기 위해서 새로 다짐해본다. 이제 우리는 날마다 얼굴에 주름살 하나씩 늘어가고 있다. 서로 안쓰러워하며 다정하고 온화한 마음을 잃지 않도록 목소리와 단어 선택에 특히 신경을 써야겠다고 다짐한다.

객지에서 자취하며 지내는 아들이 아빠 엄마 좋은 시간 보내라며 스타벅스 커피 쿠폰을 보내왔다. 늘 신경 써주는 내 자식들 덕분에 다시 마주 보며 웃는다. 남편과 내 마음이 환해지니 바깥도 밝아 보인다. 우리 손자, 손녀도 이다음에 잘 자라서 "할아버지, 할머니. 저 잘 키워주셔서 감사합니다." 하고 영화 티켓이라도 핸드폰으로 보내주지 않을까? 한바탕 웃어본다.

아무리 감정의 기복이 심한 날이라도 남편이 먼저 웃고, 내가 따라 웃으면, 내가 먼저 웃고, 남편이 따라 웃으면, 그날이 바로 좋은 날이다. 온화함과 부드러움이 있는 행복한 하루다. 그래도 남편 곁이 좋다.

아들아, 맛있게 살아라

....

입으로 느끼는 음식 맛이 맛있어야 행복하듯이, 결혼생활도 두 사람이 함께 마음을 맞춰 맛있게 살아야 행복해진다.

아들이 이제 결혼 적령기에 들었다. 타지에서 혼자 자취생활을 하다 간혹 집에 오는 날이면 아들한테 "이제 결혼해야지?" 하고 말을 꺼내 본다. 지금보다 좀 어렸을 때는 결혼하라는 말을 하면 그저 웃으며 받아들이더니 이제는 "그만!" 하면서 결혼에 대한 말을 꺼내지 못하게 한다. 자신도 어린 애가 아니니 알아서 하겠다는 뜻이다. 결혼을 해도 스스로 돈을 벌어서 결혼 자금과 집을 마련한 다음 하겠다고 하니, 고맙고 기특할 따름이다.

나는 가끔 내 아들에게 결혼 선배로서 결혼생활에 대한 경험담을 들려주곤 한다. 이제는 남의 이야기가 아니기 때문에 결혼적령기 아들은 호기심을 가지고 귀 기울여 다소곳이 듣고, 고개를 끄덕이기도 한다. 어미의 말에 그래도 고개를 끄덕여주는 아들이 고맙다.

앞으로 결혼할 아들에게 당부할 말도 많지만 중요한 한 가지는 결혼을 하면 연애하듯이 "낭만적으로 맛있게 살아라."라고 강조하는 것이다. 결혼생활에 있어서 낭만이란 천연 조미료와 같은 것이다. 결혼생활에 낭만이란 맛을 빼면 밋밋한 나물을 씹는 일과 다름없을 것이다. 밋밋한 반찬을 날마다 똑같이 먹는다고 생각해보자. 얼마나 재미없는 일인가. 결혼생활이 맛있으려면 부부가 감성지수가 서로 비슷하게 맞아야 한다. 감성지수가 같은 사람을 만나는 일은 참 중요하다. 낭만적으로 산다는 것은 마음 갖기에 달렸으나 감성지수가 같으면 참 수월할 것이다. 그러면 서로 식지 않는 사랑의 감정도 오래 간직할 것 같다. 늘 함께 먹는 밥도 사랑하는 마음으로 김치 하나라도 서로 먹여주고 받아먹고 하면 그 또한 낭만적인 삶이 될 것이다. 이런 작은 것에서 사랑의 감정을 잃지 않고 맛나게 사는 비법을 찾을 수 있으면 좋겠다.

집집마다 요리의 맛이 다르듯이 우리 부부가 살아온 날들 중에 이런 맛있는 날들이 꽤 있었다. 한때 주말농장을 하던 때가 있었다. 남편이 자신은 일을 할 테니 나는 곁에서 돗자리에 앉아 시를 쓰라는 것이었다. 어떻게 그러냐고 했더니 내가 글 쓰는 모습이 보기 좋고 괜찮다고 했다. 그래서 더는 우기지 않고 남편이 하라는 대로 나는 시를 쓰고, 남편은 밭에 모종을 심었던 일이 있었다.

또 남편이 회사 다닐 적에 타지로 발령이 났다. 나와 함께 머무를 숙소를 정할 때도 내가 시 쓰기 좋은 경치가 있는 곳에 숙소를 잡았다. 기억에 남는 곳 중에 하나는 그 숙소 곁에 마을이 한눈에 내려다보이는 정자가 있는 곳이었다. 남편이 출근하면 그곳에 앉아 사색하고 책을 읽고 시를 쓰라고 경치가 좋은 곳을 택한 것이다. 살아오면서 남편이 살맛을 내는 일을 많이도 해주었다. 생활의 맛은 남편이 맡아서 하고, 음식의 맛은 내가 맡아서 하며, 맛있는 날들을 많이 만들며 살아온 것이 행복하게 기억된다.

얼마 전에는 서울 딸네 집에 갔다가 밤늦게 손녀를 데리고 집으로 오는 길이었다. 남편이 갑자기 차를 멈추더니 아무 말도 하지 않은 채 밖으로 나가 어디론가 갔다. 다시 와서 차를 몰고 조금 더 가더니 어느 모텔 앞에서 내리라는 것이다. "여보, 오늘 여기서 하룻밤 자고 가자." 1시간 10분 정도면 집에 가도 되는 거리인데, 좀 어색해하면서도 남편이 하자는 대로 따라주었다. 그리고 짐을 내려놓고 동대문 야경부터 구경하자고 해 모텔에 짐을 놓고 손녀랑 동대문시장 주변을 산책했다. 어느 낯선 먼 여행지에 온 것처럼 기분이 아주 새로웠다. 불빛도 은은하고 산책 코스가 그야말로 '원더풀'이었다. 손녀가 있으니 마치 결혼 초년으로 돌아간 기분이었다. 돌아보면 이런 순간순간들이 모여 결혼생활을 권태로움 없이 잘 지나게 한 것 같다. 내 아들이 아빠의 이런 낭만적인 부분을 닮아 미래에 맞이할 나의 며느리도 나처럼 오래오래 사랑받고 살았다는 기분을 느끼며 살 수 있었으면 좋겠다. 아들도 결혼해 아름다운 부부로 행복하게 잘 살아줬으면 하는 바람이 크다.

결혼생활은 하루아침 아니 몇 년 살고 끝내는 일이 아니기 때문에 재미있는 일을 서로 만들려고 노력하며 살아야 한다. 혼자 재미나게 사는 게 아니라 아내와 자식과 함께 재미있는 시간을 자꾸 창조하며 살아야 한다. 그런 면에서 나의 남편은 창의성이 뛰어나다고 할 수 있다. 결혼생활이란 때론 심각할 때도 있고, 의견이 달라 다툴 때도 있고, 내 마음에 안 맞는다고 싸울 때도 있다. 나의 남편은 언제나 그 끝은 늘 "나는 당신밖에 없어. 우리 재미있게 살자."라는 말을 꼭 해서 내 마음을 풀어주곤 했다. 요즘은 "당신이 건강하게 내 곁에 있어 주니 참 고마워."라는 말을 자주 한다. 그러면 그 한마디에 좀 서운했던 마음이 바보같이 누그러진다. 이런 경험담도 아들에게 들려준다.

부부의 삶에서 스킨십은 필수다. 그래서 나는 꼭 향기 좋은 껌을 화장대 서랍이나 가방에 준비를 한다. 남편의 입에서 좋지 않은 냄새가 날 때 껌을 꺼내 입에 반쪽 살짝 넣어주고, 반쪽은 내 입속을 향기로 채운다. 그건 서로를 위한 에티켓이다. 좋으면 좋은 대로 때를 가리지 않고 스킨십을 하는 것 또한 행복감을 느끼게 한다.

내가 주저리주저리 이런 이야기를 하는 것은, 아들도 마음이 잘 맞는 어여쁜 짝을 맞아 우리처럼 맛나게 잘 살아가길 바라는 마음에서다. 그러면서 문득 행복한 웃음이 난다.

글을 마치며
....

남편(이재성)을 만나
행복한 날이 더 많았다는 사실만으로
나는 늘 신께 감사하며 살아왔다.
앞으로도 그 마음은 변함이 없다.

2022, 뜨거운 여름
천안 행복헌에서

양윤덕